Le flot
de la poésie
continuera
de couler

Du même auteur

Le procès-verbal, Futuropolis/Gallimard, 1963 ; Folio, 1973
La fièvre, Gallimard, 1965
Le déluge, Gallimard, 1966
L'extase matérielle, Gallimard, 1967 ; Folio, 1993
Terra amata, Gallimard, 1967
Le livre des fuites, Gallimard, 1969
La guerre, Gallimard, 1970
Haï, Skira, 1971
Les géants, Gallimard, 1973
Voyages de l'autre côté, Gallimard, 1975
Les prophéties du Chilam Balam, Gallimard, 1976
Mondo et autres histoires, Gallimard, 1978 ; Folio, 1982
L'inconnu sur la terre, Gallimard, 1978
Désert, Gallimard, 1980 ; Folio, 1985
Trois villes saintes, Gallimard, 1980
La ronde et autres faits divers, Gallimard, 1982 ; Folio, 1990
Relation de Michoacan, Gallimard, 1984
Le chercheur d'or, Gallimard, 1985 ; Folio, 1988
Voyage à Rodrigues, journal, Gallimard, 1986 ; Folio, 1997
Le rêve mexicain ou la pensée interrompue, Gallimard, 1988 ; Folio, 1992
Printemps et autres saisons, Gallimard, 1989 ; Folio, 1991
Onitsha, Gallimard, 1991 ; Folio, 1993
Étoile errante, Gallimard, 1992 ; Folio, 1994
Pawana, Gallimard, 1992 ; Folio, 1994
Diego et Frida, Stock, 1993 ; Folio, 1995

Suite en fin de volume

J.M.G. LE CLÉZIO

Le flot de la poésie continuera de couler

Avec la collaboration de
DONG QIANG

Philippe Rey

Les poèmes figurant dans cet ouvrage ont été traduits du chinois conjointement par J.M.G. Le Clézio et Dong Qiang, sauf: *Plainte d'une jeune mariée dans son boudoir* (p. 117), par Jiang Yuanqiu; *La Cithare aux cinquante cordes* (p. 144), par Shi Xueying; *La Fin du ciel* (p. 171), par Zhang Lu.

Dong Qiang a réalisé les calligraphies des pages 45, 87, 140-141, 145, 148, 157, et a composé le lexique.

Les titres des poèmes ainsi que les légendes de toutes les illustrations sont reproduits en fin de volume.

Conception graphique : Stéphane Rébillon

7, rue Rougemont – 75009 Paris

www.philippe-rey.fr

Introduction

Je suis entré dans la poésie Tang presque à l'improviste, mais non par hasard, en lisant le poème de Li Bai *Assis devant le Mont Jingting*, publié en anglais dans une anthologie de 1962. Je me souviens de mon exaltation à découvrir ce poème, qui met face à face un homme et une montagne. À cette époque, les préoccupations écologiques n'avaient pas encore vraiment atteint le grand public. La montagne était plutôt un paysage, qu'on disait sublime et qui exaltait le courage de certains et les invitait à l'escalade. Li Bai dans son poème ne dit rien d'autre que cette évidence : un lieu d'immobilité et de majesté (le nom du mont Jingting contient le mot qui signifie la « révérence ») devant lequel l'être humain, dans sa faiblesse et son impermanence, ne peut rien faire d'autre que s'asseoir et regarder.

La poésie, telle qu'elle a été pratiquée dans la littérature européenne (par les Grecs, les Latins, puis les écrivains modernes de langues romanes ou saxonnes), nous a habitués au mouvement, au passage des émotions, aux désirs, aux passions. *Assis devant le Mont Jingting* de Li Bai m'apportait autre chose, à quoi je n'étais pas préparé par mon éducation, par mon langage : une plénitude, une paix intérieure. Cette paix n'était pas difficile à atteindre. Il suffisait de s'asseoir et de regarder. Il n'était même pas besoin d'une montagne de *Révérence*. Pour ma part, après avoir lu les vers de Li Bai je me suis rendu non loin de Nice, dans la vallée du Var, et, quittant la route, j'ai marché sur un sentier encaissé jusqu'à un point où je me suis trouvé face à la falaise rocheuse, une paroi abrupte, crayeuse, glabre. J'ai écrit ce mur de montagne dans un petit carnet, comme si je le dessinais avec les mots. Plus tard dans ma vie, j'ai recommencé l'expérience devant le rocher volcanique du Morne, au sud de l'île Maurice. Non pas pour évoquer une histoire tragique (celle des esclaves marrons se jetant dans le vide pour échapper à la milice du gouverneur Darling), mais pour ressentir ce pan de roche, pour m'en imprégner, pour devenir un avec lui.

Les montagnes, la nature tiennent une place majeure dans la création poétique au temps de la dynastie Tang (VIIe au Xe siècle). Les artistes, les peintres ont choisi souvent de représenter des paysages pour s'exprimer – ce fut le cas, notamment, de Wang Wei qui peignit un sublime portrait de collines dans leur ondulation pétrifiée. D'une façon générale, ce sont les éléments naturels qui les inspirent : les feuilles des arbres, les lignes de la forêt, les ruisseaux, les lacs, ou les rochers. Qu'y voyaient-ils, que nous avons désappris à voir ? En structurant à l'excès les paysages urbains, sans doute avons-nous brisé un secret, ou rendu inintelligible un langage différent de la parole humaine. L'apport des anciennes croyances – selon lesquelles chaque chose, chaque être contient un « esprit » – est demeuré puissant dans la culture chinoise. C'est le lien que la philosophie entretient avec le chamanisme et avec les croyances liées au Tao. Il ne s'agit pas d'une vague mystique, d'un ésotérisme de substitution qui nous permettrait de retourner à un âge d'or, de retrouver nos « racines ». Qui pourrait y croire, dans notre univers de sur-urbanisme et de rationalité ?

La poésie Tang – je voudrais dire toute la poésie – est sans doute le moyen de garder ce contact avec le monde réel. C'est une poésie symbiotique, qui nous invite au voyage hors de nous-mêmes, nous fait partager les règnes, les durées, les rêves. Lorsque j'ai lu pour la première fois Li Bai, après l'instant de sidération causée par l'évidence du message j'ai ressenti cette invitation avec une urgence extraordinaire, je ne me suis pas écrié : « Comme cela est joliment dit ! » Je n'ai pas voulu en lire plus. Je me suis précipité au-dehors, pour rechercher la montagne, *ma* montagne de *Révérence*, devant laquelle je pourrais m'asseoir, regarder, pour ne faire qu'un avec elle.

Par la suite, bien sûr, j'ai voulu en savoir davantage. Dans les bibliothèques, j'ai emprunté tous les livres que j'ai pu trouver sur cette époque lointaine. J'ai lu les *Analectes*, le *Zhuangzi*, puis plus tard les pensées si originales de Mengzi, de Mozi. J'ai découvert peu à peu le continent immense de la littérature chinoise, qu'on dit classique, mais qui à bien des égards est actuelle. Ainsi, j'ai pu lire les belles traductions faites au XIXe siècle par Hervey de Saint-Denys et par Judith Gautier.

Plus tard encore les traductions assez libres du poète Ezra Pound – dans lesquelles il appelle Li Bai *Rihaku* et la ville de Chang'an *Chokan* !

Plus récemment, en lisant le grand artiste et écrivain chinois Mu Xin, auteur de *An Empty Room*, traduit par Toming Jun Liu, j'ai éprouvé très exactement ce qu'il décrit dans sa nouvelle *Le Jour où j'ai cessé d'être un enfant* lorsque, en recevant comme cadeau un bol en céladon, le tout jeune narrateur privé de lectures de poésie se remémore des vers merveilleux qu'il a appris dans un manuel de céramique :

La pluie passe, le ciel devient céladon, les nuages s'écartent
Et le ciel fait la céramique avec sa couleur

Car c'est la force de cette poésie que d'être lue à toute époque, et en toutes circonstances. Simplement, pour changer d'univers.

Ce livre est aussi un livre d'amitié. Il doit beaucoup à ma rencontre avec un homme étonnant, le professeur Dong Qiang, poète, érudit et calligraphe. Au long des années, au fil de nos rencontres, est né le projet de recueillir les poèmes de la dynastie Tang, de proposer une nouvelle traduction en langue française, illustrée par les calligraphies de Dong Qiang. Ensemble nous avons choisi les poèmes, comme les moments les plus représentatifs de cette dynastie exceptionnelle. Grâce à cette nouvelle lecture, nous avons découvert le profond humanisme de la poésie Tang, née au milieu de la tourmente des guerres et des famines, dans l'incertitude du lendemain. Malgré l'abîme du temps écoulé, en lisant ces poèmes nous avons ressenti une proximité avec les artistes de cette époque, nous avons compris à quel point elle ressemble à la nôtre. C'est cette émotion que nous souhaitons partager.

流水看人靜微風帶鳥過磴穿
山骨巧葉改樹顏酡目刮峰皆異
納泉歌桂魂扶颷冷松痕染月皤

Une révolution poétique

L'an 700 inaugure en Chine une ère nouvelle particulièrement brillante, presque un siècle après la fondation de la dynastie Tang. Au même moment, l'Europe occidentale connaît l'effondrement de la dynastie mérovingienne et l'avènement de l'empire de Charlemagne, puis les déchirements qui aboutiront à la division du royaume et à la prise de pouvoir de la dynastie de Hugues Capet. En ce temps, la Chine, deux fois millénaire, est sans doute la partie la plus civilisée du monde. Avant les Tang, à l'époque des Han, elle a produit de grands poètes, des savants, des philosophes, dont l'héritage est diffusé lentement par les voyageurs arabes jusqu'en Italie et en Espagne.

La dynastie Tang entre dans une grande prospérité malgré les violences qui suivent la prise de pouvoir de Taizong. Cette période, nommée « Tang Prospère » par des historiens chinois, constitue un des premiers actes de la Chine moderne. La féodalité existe encore, avec ses rivalités locales et ses règlements de comptes, mais la société qui se développe autour du monarque et de la capitale Chang'an (aujourd'hui Xi'an) est entièrement nouvelle. C'est le règne de l'art, de la poésie, de la musique. La société traditionnelle se féminise, développe un art de vivre et un goût pour le raffinement jusque-là inédits. Les femmes y tiennent un rôle de plus en plus important, que traduit la mode des robes longues, des coiffures en chignon, des bijoux, ainsi que la revalorisation des instruments de musique, le *qin*, une cithare horizontale à tenons mobiles, et la *pipa*, une sorte de mandoline.

Le chant, la composition deviennent populaires. Certaines femmes y ont excellé à l'époque des Han, telle Ban Jieyu, auteure, en l'an 50 avant notre ère, d'un délicat poème sur l'éventail d'une courtisane, symbole de son amour déçu :

Chant triste

D'une étoffe de soie fine fraîchement découpée
Immaculée comme la neige ou le givre
J'ai fait l'éventail rond, symbole du couple parfait
Il a la plénitude de la lune au ciel
Il sort de votre manche et retourne près de votre cœur
Et à chaque agitation vous ressentez la brise
Je crains pourtant que l'équinoxe d'automne n'arrive
Que le vent froid ne vienne à bout de la chaleur
Car, éventail abandonné dans quelque coffre en bambou
Notre amour s'interrompra en plein milieu du cours

Le *Shi Jing*[1], prodigieux héritage littéraire, est toujours la référence absolue de la culture chinoise. Mais, à l'avènement de la dynastie Tang, la poésie pour ainsi dire se sécularise, devient à la fois populaire

1. *Shi Jing*, c'est-à-dire « Le Livre des poèmes » ou « Classique des vers », est le premier ouvrage chinois collectant l'ensemble des poèmes traditionnels, au nombre de 305, certains composés sous la dynastie Shang en 1600 avant notre ère, et fait partie des grandes compilations de Confucius. Le travail de Confucius consista surtout à trier les poèmes, à les classer en différentes catégories et à préciser les musiques qui devaient les accompagner, puisque tous les poèmes à l'origine étaient chantés. Confucius affirma qu'il n'est pas possible de parler correctement la langue chinoise sans avoir étudié ce livre.

et officielle : nul ne peut accéder à une charge au gouvernement ou au service public sans démontrer sa capacité à interpréter ou à composer un poème. C'est la raison de la tradition (sans doute imparfaitement réalisée) de l'examen littéraire qui structure le pouvoir exécutif dans la Chine des Tang et l'origine de la légende des « mandarins », ces administrateurs lettrés.

Les règles de cette poésie sont loin d'être nouvelles. Elles ont été instituées au long de l'histoire littéraire de la Chine. Sous la dynastie Tang, ces règles ne sont pas remises en question : bien au contraire, elles sont accentuées, rendues encore plus complexes et intransgressibles (on en reparlera plus loin). L'idéal de la poésie Tang est le quatrain, composé de vers de sept caractères, rimés, avec rappel de rimes intérieures, et respect de l'ordre des tons (au nombre de quatre). Cela aurait pu constituer l'exemple parfait de l'alexandrinisme, un carcan rigoureux qui empêche toute liberté d'inspiration ou d'expression. Bien au contraire, le prodige est que ces poètes y trouvent leur bonheur, et parviennent à donner ce sentiment contradictoire de spiritualité et de rigueur – c'est pourquoi ils furent considérés, déjà en leur temps, comme le parangon du classicisme.

Pourtant, on va le voir en lisant certains de ces poèmes, il n'y a rien de moins « classique » que la poésie Tang. Les sentiments y tiennent une place majeure, les sensations sont toujours à fleur de peau, la vie y foisonne. La poésie traditionnelle chinoise bénéficie de la structure grammaticale de sa langue : les articles n'existent pas, les conjugaisons des verbes sont absentes, les pronoms personnels n'y sont que rarement mentionnés. Cependant, c'est sans doute en Chine, à l'ère des Tang, que le lyrisme est le plus éclatant. Chaque poème se suffit à lui-même, il est une énigme que résout le dernier vers, dans une construction en miroir. S'il satisfait le sens de l'équilibre cher à la pensée chinoise (et au taoïsme), il est aussi ouvert sur une multitude de sens et de sensations, comme pour résonner à l'infini.

La poésie en Grèce ou au Latium avait connu des artistes qui chantaient accompagnés de la lyre ou de la flûte de Pan. Mais leur inspiration restait contrainte par l'héritage des mythes, par le poids de la légende. Ovide a bien composé des poèmes amoureux, mais le plus personnel de ses aveux (dans les *Tristes*) reste une plainte égoïste sur ce qu'il a perdu dans son exil, la société mondaine de Rome et les festins.

Les poètes de la dynastie Tang sont les précurseurs de tout ce que la littérature inventera plus tard, en Italie au moment de la Renaissance patronnée par Pétrarque, en France avec les membres du groupe littéraire de la Pléiade, et même si l'on fait un bond dans le temps, à l'époque du romantisme de Lord Byron, de Shelley, de Musset. Les poètes Tang ont écrit leurs odes et leurs sonnets quatre cents ans avant la poésie persane d'Omar Khayyâm, neuf cents ans avant Ronsard et Du Bellay, près de mille ans avant Shakespeare. Pour trouver un tel développement dans la poésie lyrique, il faudrait, non pas voyager dans le temps, mais plutôt dans l'espace et trouver, à l'autre versant du monde, la poésie aristocratique et désespérée de l'Empire aztèque au XVe siècle, avec le prince Netzahualcóyotl, à la veille de la destruction de cette civilisation par la conquête espagnole.

Aussi l'ère des Tang est-elle un moment dans la culture chinoise, entre des vagues de violence. Avec la conquête du pouvoir par Taizong et Xuanzong, elle entre dans la plus grande prospérité et s'achève vers le début du Xe siècle par l'éclatement de l'empire, qui se réunifiera avec l'instauration de la dynastie Song. Puis, quelque deux cents ans plus tard, par l'apparition d'un nouveau règne, celui des envahisseurs mongols Gengis Khan et Kubilaï (inclus dans la grande suite des règnes chinois sous le nom de la dynastie Yuan). Mais ce moment des Tang (loin d'être bref, puisqu'il dura de 618 à 907) a laissé une trace indélébile dans la civilisation chinoise, l'exemple d'une perfection dans l'art, et aussi l'avènement d'une pensée individuelle véritable, c'est-à-dire de la conscience de soi, de la liberté d'expression et du libre arbitre. L'on parle de cette ère comme d'un classicisme, c'est-à-dire, si l'on traduit, d'un conformisme. Je voudrais pour ma part y voir plutôt une révolution, l'avènement de la modernité. Il pourrait être dit une Renaissance[2]. Les poèmes qui vont suivre en donnent la preuve.

2. Le terme « renaissance », tel que forgé au XIVe siècle par le poète Pétrarque et le nouvelliste Boccace, n'existe pas en langue chinoise. Le mot le plus approprié serait sans doute « retour vers la tradition » (*fu gu*) qui n'exprime pas tout à fait la même idée. Le mouvement initié en Italie s'appuyait sur les « classiques » grecs et latins, mais impliquait aussi la critique des « scolastiques » – entre autres du moine Abélard et du théologien Scot Érigène. Le champion de la nouvelle vision de la culture fut sans conteste Desiderius Erasmus, savant hollandais (1466-1536) qui inspira l'esprit de la Réforme, plus particulièrement la pensée de Luther. Bien évidemment, la religion ayant toujours été au second plan en Chine, de telles révision des valeurs et proclamation de la laïcité ne furent jamais nécessaires.

Li Bai l'aventurier

Quelle force le pousse à voyager ? Pourquoi abandonne-t-il tout, sa femme, ses enfants, ses biens, sa sécurité, pour se lancer sur les chemins, au risque de sa vie ? La Chine des Tang, même si elle n'est plus dans l'état de guerre permanent des règnes qui ont précédé, n'est pas un lieu de tout repos. Les routes ne sont pas sûres. Elles sont fréquentées par des bandes d'outlaws, anciens soldats en quête de rapines, bandits de tous genres, sans parler des animaux sauvages, loups, lynx et nombreux serpents venimeux. Le plus souvent Li Bai voyage seul, à pied. Il parcourt les chemins qui unissent les principautés et les seigneuries, d'ouest en est, du sud au nord, hiver comme été. Il lui arrive de voyager avec des compagnons de route – Du Fu, entre autres – mais généralement il est seul, et lorsqu'il prend congé de ses amis les adieux sont déchirants, parce qu'ils ne sont pas certains de se revoir. Dans la Chine du VIIIe siècle, on peut voyager, mais les nouvelles ne circulent pas, et partir, c'est disparaître.

Li Bai est un aventurier. Son vrai compagnon de route, c'est son épée. Il lui compose des odes, à cette « longue épée » dont il connaît le maniement comme un guerrier. Lorsqu'il écrit : « tuer un malfaiteur en plein cœur d'une ville », c'est une bravade, mais ce n'est pas inventé. Il en est capable. Il est, comme tout homme bien né, expert dans le maniement des armes et du char militaire. On pourrait comparer cette classe d'hommes avec les samouraïs du Japon, sauf que, pour la plupart, les samouraïs sont des spadassins au service du daïmio. Même s'ils ont un code de l'honneur, ils n'ont pas de code moral et sont prêts

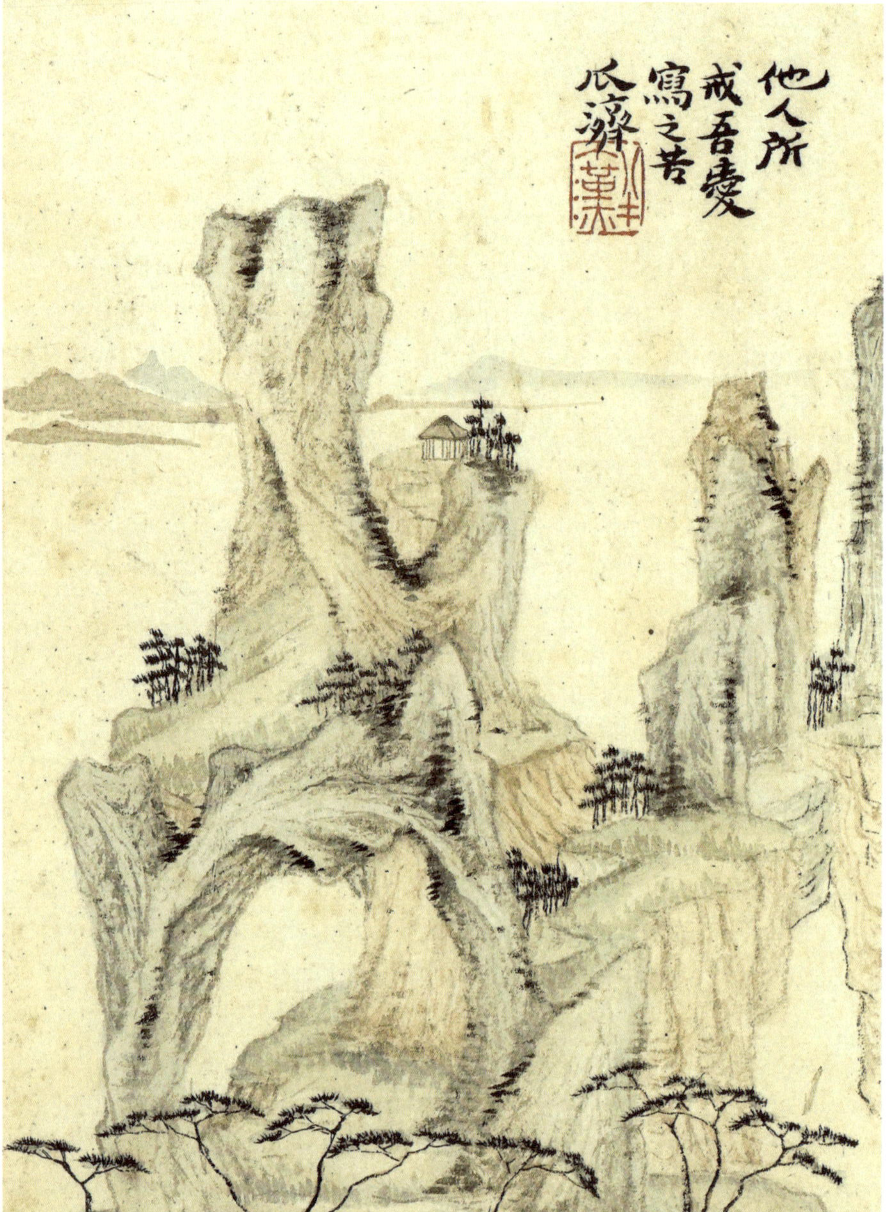
他人所
成吾變
寫之苦
瓜濟

à assassiner sur commande – homme, femme ou enfant. Ce sont eux qui massacreront au début du XXᵉ siècle Myeongseong, la dernière reine de Corée, parce qu'elle résistait à la colonisation japonaise.

Li Bai comme Wang Wei ou Du Fu sont des hommes d'armes, mais la guerre n'est pas leur métier. Ils feront preuve de compassion, qualité qui nourrit bien des poèmes émouvants.

Oui, quelle force le pousse à partir ? Lui que chacun reconnaît de son vivant comme le plus grand, le plus doué de sa génération, il ne s'attache à aucun maître et continue son chemin. C'est que la Chine de la dynastie Tang invente une liberté jusque-là inconnue, la liberté d'aller. C'est elle qui a lancé sur les routes de l'ouest le moine Xuan Zang, défiant même l'interdiction de l'empereur Taizong, pour rapporter de l'Inde les canons du bouddhisme. Voyage long et périlleux, qu'il raconte lui-même (et qui inspirera le célèbre roman de Wu Cheng'en, *Pérégrinations vers l'Ouest*) et que la cour impériale ovationnera en présence de l'empereur en personne émerveillé, même si, d'après une légende, certains livres auraient été victimes d'un naufrage dans une rivière du Cachemire.

La liberté brûle ces hommes de la Chine, elle est à la fois destructrice et généreuse. Longtemps après, elle brûlera les hommes de la foi musulmane, lançant les moines soufis dans d'incroyables aventures, tel Jalal Eddine Roumi, parti de Konya (en actuelle Turquie) jusqu'à Baghdad, ou son maître Ech Chams el Tabrizi, dont on dit qu'il voyagea jusqu'en Chine.

Ceux-là avaient une parole à porter. Ils allaient vers le monde pour convertir, pour persuader, pour dire. Ils étaient en quelque sorte des envoyés d'un prophète. Mais Li Bai ? Que croyait-il ? Que cherchait-il ?

Le grand poète Du Fu, qui fut le compagnon de beuveries, le camarade de route et l'ami de toujours, écrivit un bref hommage qui résume l'aventure de Li Bai :

Pour Li Bai

À notre rencontre à l'automne, nous errions comme les duvets des chardons
Nous avons cherché en vain l'Immortalité et aurons honte devant Ge Hong
En chansons folles, en beuveries incessantes tu gaspilles tes jours et ton talent
Mais qui t'apprécie, toi qui voles comme oiseau et bondis comme baleine ?

L'errance…
L'homme est un buisson d'amarantes poussé au hasard par le vent
À quoi bon ? Que gagne-t-on à voyager ?
L'éternité est une illusion
Boire jusqu'à l'ivresse : alors, chanter sans raison
sans but
sans écho
Les légendes n'ont lieu qu'une fois
Ceux qui sont morts ne reviennent pas
Tel l'oiseau du mythe
telle la baleine bleue jaillissant des profondeurs
L'errant, magicien, guerrier, ivrogne, altruiste, zélé, vaniteux
jusqu'au ridicule
Où va-t-il maintenant ?
Où le trouver ?
Où le retrouver ?

Les routes s'ouvrent devant lui, il désire leur aventure, leur infinitude. Il ne cherche rien d'autre que le mystère du dernier virage, de la dernière colline. Il veut gravir la montagne pour aller de l'autre côté, à la recherche d'une autre vallée, d'une nouvelle montagne. Parfois il s'arrête pour comprendre, pour recevoir l'illumination, l'inspiration, reprendre son souffle.

Aventurier, Li Bai l'est jusqu'à l'entêtement, jusqu'à l'absurde. Il ne peut rester au même endroit, non pas pour vivre mieux, mais parce que pour lui il n'y a pas de meilleure vie que celle des grands chemins.

Il veut parcourir le monde.

Quel est le monde, à l'ère des Tang ?

Le monde pour lui, comme pour tous les Chinois, c'est l'Empire. Limité à l'ouest et au nord par les montagnes et les déserts, au sud par la frontière barbare, à l'est par le plus grand océan de la planète, la Chine *est* le monde. Un territoire si vaste que nul ne peut imaginer franchir ses limites, un pays qui de plus est extraordinairement centripète. Être né en Chine, au siècle de Li Bai ou de Du Fu, c'est être conscient d'appartenir au centre de l'univers, qu'il faut reconnaître tout au long de la vie. Aucune autre nation n'a eu une telle ampleur, un tel orgueil. L'Empire mongol fut sans doute, en son temps, plus étendu, allant du Pacifique jusqu'à l'Oural, et au début de l'ère coloniale l'Empire britannique pouvait se vanter de ne jamais voir le soleil s'y coucher. Mais ces empires étaient fondés sur la prise de possession violente, et sur le mouvement. Ils ne constituaient pas une maison architecturée autour d'un cœur stable, bâtie autant sur les lois philosophiques et morales que sur la domination militaire et économique. C'est pourquoi ils furent fragiles et s'écroulèrent facilement, laissant peu de traces. L'Empire chinois, sous les Tang comme sous les Qing, est un édifice solide, où les successions dynastiques sont simplement des avatars d'une histoire générale qui dure encore.

Li Bai est un aventurier. Mais il est aussi tendre, émotif. Il garde sa part de rêve, sa fragilité. S'il a besoin de se vanter, ce n'est pas par vanité, c'est parce qu'il porte au plus haut l'idée de la création poétique, parce qu'il sait qu'il en est possédé, et non pas le propriétaire, ni l'usufruitier. L'inspiration, ce don du ciel, lui vient dans l'ivresse, quand il n'est plus maître de ses sens, quand il faut le porter parce qu'il ne peut plus marcher, quand, couché dans une hutte, au hasard du chemin, il voit luire la pleine lune, comme la parfaite image de son enfance, le visage de sa petite sœur Yuanyue, Lune ronde.

Li Bai reste humble devant la poésie, jamais il ne se croit supérieur aux éléments. Au contraire, il exprime la soumission à l'immensité du ciel, aux montagnes, aux forêts, aux fleuves. Soumis, mais aimant. S'il regarde le paysage jusqu'à s'y fondre, la montagne jusqu'à n'être qu'un avec elle, c'est parce qu'il l'aime, la vénère, homme nu face à la puissance de la terre.

Li Bai est né à Suyab (Suiye en chinois) en 701, dans l'extrême ouest de la Chine – actuellement le Kirghizistan. S'il appartient par sa famille à l'ethnie Han, elle y est minoritaire et compose avec les autres nations, de langue ouïghoure ou mongole.

La Chine dans laquelle il naît est un pays unifié et prospère, après un demi-millénaire de guerres incessantes et de rivalités entre les pouvoirs politiques. En 618, l'empereur Li Yuan fonde la dynastie des Tang, qui va jouer un rôle si important dans l'histoire culturelle et politique de la Chine. La dynastie prend véritablement naissance à l'avènement du fils de Li Yuan, Li Shimin, connu sous le nom de Tang Taizong. C'est un homme cultivé, libéral, en même temps qu'un fin stratège. Grâce à ce dernier, la Chine jouit d'une prospérité qu'elle n'avait pas connue jusque-là et surtout, ce qui est important pour Li Bai, un juste équilibre entre les Han (l'ethnie dominante) et les minorités du grand Ouest. On parle alors de l'union des Han et des Hun (les Hun n'étant pas ceux que l'on connaîtra en Europe de l'Ouest, mais un terme générique regroupant tous ceux qui parlent une langue minoritaire en Chine occidentale).

Sous les Tang, l'union se fait aussi entre le sud et le nord de la Chine, c'est-à-dire le mélange de la culture martiale du Nord avec le raffinement et la douceur de vivre des gens du Sud, mais aussi avec la Chine occidentale, nouvellement ouverte au commerce, dont les populations sont très libres.

Li Bai est – selon la légende – le descendant direct d'une lignée princière, celle du royaume de Liang, de la dynastie de Li Hao, apparentée aux Tang. Son père appartient à une famille influente, même si elle n'est pas très riche. Sa venue au monde est un moment fabuleux. Juste avant la naissance de son fils, la mère de Li Bai fait un songe dans lequel elle voit l'Étoile Changgeng (l'Étoile du matin, Vénus, surnommée Tai Bai Jing Xing, l'Étoile de métal blanc) entrer dans son corps, pendant que les gens autour d'elle sont sidérés par une étoile filante qui entre dans la chambre et qui disparaît. Pour cela, l'enfant reçoit le nom de Li Bai (Blanc) ou Tai Bai (Blanc Suprême).

En 705 (Li Bai est âgé de quatre ans), à la mort de l'impératrice Wu Zetian et à l'avènement de son fils Zhongzong, le père de Li Bai doit quitter Suyab pour des raisons politiques. Il s'installe avec sa famille dans le Sichuan, dans la petite ville de Qinglian, sur le bord de la rivière Fujiang. C'est là que Li Bai passe toute son enfance et son adolescence, jusqu'à l'âge de vingt ans – loin de la cour et de la capitale Chang'an (Xi'an), Li Bai développe son indépendance d'esprit, son goût pour la façon de vivre assez libre des minorités de l'Ouest, son inclination au nomadisme. Pour les hommes, c'est une éducation où l'exercice des arts martiaux et la pratique du cheval comptent autant que la lecture de la poésie et l'art de la musique. Il garde toute sa vie ce goût de l'aventure et de la poésie orale, typique des gens de l'Ouest, comme il le dit dans son *Chant du Tigre féroce* :

La taverne de Liyang un jour de printemps de mars
Les fleurs des peupliers s'envolent partout et suscitent la tristesse
Un jeune garçon hun aux yeux verts joue de sa flûte de jade
Accompagnant des jeunes filles du Sud aux voix pénétrantes

Li Bai est né sous la protection de la lune, donc de l'ouest, puisque dans la mythologie chinoise le soleil naît à l'est et la lune à l'ouest. Natif du Shandong, sur la côte est, Du Fu sera sous le signe du soleil.

De son père et de sa mère (comme longtemps avant lui Confucius) Li Bai reçoit une éducation poussée en littérature. « À cinq ans, raconte-t-il, je pouvais lire six *Jia* [un catéchisme pour les enfants], à dix ans, j'avais déjà lu les textes des cent écoles » (Confucius, les manuscrits secrets du philosophe Mozi – *circa* -470/80 à -391 –, chef de file du mouvement *mohiste*, auteur d'un livre provocateur, *Contre la musique*, mais également Sima Xiangru, célèbre lettré réputé pour son talent poétique). Il lit aussi son contemporain Zhao Rui, auteur du *Livre du Long et du Bref*, un texte important sur la stratégie, avec des analyses de la politique de l'époque. Mais pour Li Bai, le modèle de la culture est la dynastie Liang (502-557) pendant laquelle a été publiée une anthologie de poésie et de textes littéraires, le *Wenxuan* (« Collection de textes littéraires raffinés »). Pour lui, l'époque des Liang est la référence absolue, aussi bien en matière d'élévation culturelle et morale qu'en littérature, et il essaiera de s'y conformer.

C'est durant sa jeunesse adulte (entre quinze et trente ans) que Li Bai rencontre la pensée taoïste, mélange de philosophie et de croyances ancestrales, qui restera son inspiration jusqu'au terme de sa vie. Le taoïsme s'est développé librement dans le Sichuan, en particulier grâce à l'exemple du moine Fan Chuanzheng. La pensée du Tao est inspirée par la quête de l'immortalité, aussi bien par la méditation que par la recherche des éléments de l'alchimie, l'étude de l'équilibre dans la médecine traditionnelle, et la diététique. L'alchimie, contrairement à l'usage qui sera fait en Europe à la fin du Moyen Âge, est en Chine une recherche à la fois mystique et technique, qui utilise la métaphore poétique : le mercure y est la « jeune fille » et le plomb le « bébé ». Chaque élément se rapporte à un astre, à une constellation, à une destinée – Li Bai lui-même est né sous le signe de l'argent.

À quinze ans (c'est l'âge où l'homme a le droit de se marier dans la Chine du VIIIe siècle), Li Bai, inspiré par la légende du mont Emei, lieu de séjour des immortels, part pour le mont Min où réside un moine taoïste de renom, l'ermite Dong Yanzi (le Maître du Rocher de l'Est). Il apprend, en sa compagnie, les secrets permettant d'apprivoiser les oiseaux, de réaliser l'unité avec la nature jadis prônée par le *Zhuangzi*, un des textes fondateurs du taoïsme. Durant son séjour dans la montagne, il se familiarise avec les aliments naturels, l'usage des plantes médicinales qui permet l'harmonie physique et mentale. Il endurcit son corps en pratiquant le jeûne et les travaux manuels requis par le temple.

L'exemple fut donné à son époque par le poète Lu Hong : vivre dans un ermitage est une épreuve mentale que tout jeune homme bien né doit accomplir pour parfaire son éducation, afin d'être éligible aux fonctions publiques au service de l'empereur. Li Bai, après la saison austère au mont Min, franchit l'étape qui peut le conduire au statut d'immortel :

[Après toutes ses pratiques]
Il a un visage d'enfant, comme étant retourné à la source
L'énergie qui le pénètre est d'autant plus puissante
Il est prêt à aller vers le ciel avec son épée
Et accrocher son arc à l'arbre du bout du monde [l'arbre mythique Fusang]

Sa quête de l'union mystique avec la nature, il l'exprime dans un vers fameux :

Apprendre le Tao, s'envoler grâce à l'élixir d'immortalité

Ainsi s'enracine en lui la conviction que, grâce à la poésie et à l'expérience mystique, il pourra atteindre un jour l'immortalité. Plus tard, le poète He Zhizhang l'appellera « L'immortel en exil ».

L'autre versant de la vie de Li Bai, c'est l'aventure. À dix-huit ans, il quitte la montagne pour retrouver au Zizhou son ami Zhao Rui, et partager avec lui l'existence idéale d'un poète et d'un combattant. Comparer l'errance de ces poètes à ce que sera en Andalousie et en Occitanie la vie des troubadours serait erroné. Confucius a donné, mille ans auparavant, l'exemple de ce que doit être le gentilhomme accompli, à la fois expert en arts martiaux, en maniement du charroi, en stratégie politique, et cultivant la hauteur de pensée : c'est la noblesse de l'esprit et de l'action, incarnée par un homme qui ne s'attache pas à la réussite sociale, dédaigne la fortune, et se consacre à la poésie la plus pure.

Li Bai est avant tout un homme d'une grande liberté. Sa qualité de *xia*, redresseur de torts, ne modifie pas son caractère fantaisiste. Un de ses contemporains, le poète Cui Zongzhi, le décrit ainsi :

> *Li Bai avait coutume de s'habiller de ses plus beaux atours pour danser en public en brandissant sa longue épée, de telle sorte qu'il effrayait tous ceux qui le voyaient.*

Lui-même mentionne son goût pour la représentation :

La nuit, caressant mon épée, je chante des vers et je siffle
Et mon ambition me fait parcourir mille lis par jour
[...]
Je vide d'une seule traite une coupe de vin
Et ris de mon désir de sauver le monde entier

Ses amis mentionnent son goût pour les arts martiaux, tel Cui Zongzhi dans un poème qu'il lui dédie :

Cachée dans la manche, une lame de poignard
Et sur sa poitrine, les écrits de Maoling [Sima Xiangru]

Dans son *Chant du cheval blanc*, il écrit :

Tuer des ennemis comme on fauche l'herbe
Après la victoire se retirer du monde comme Jumeng

Et dans le *Chant du voyageur au milieu de la jeunesse*, ces vers restés célèbres :

Finir une coupe de vin tout en riant,
Tuer un malfaiteur en plein cœur d'une ville

Li Bai n'a pas encore trente ans, il sent le goût de la liberté, l'appel de l'aventure. Il est bravache, vaniteux, téméraire. Il est aussi généreux, altruiste, indifférent à la critique des gens de cour. Il réalise les aspirations de beaucoup de jeunes gens de sa génération, la liberté, l'ardeur. Il est pour ceux qui l'approchent, et pour ceux des générations à venir, un héros romantique, un idéal inaccessible.

Un garçon est destiné aux quatre coins du monde, puisque l'on fête sa naissance en tirant des flèches de roseau dans les quatre directions par des arcs en bois de mûrier. C'est pourquoi j'ai quitté mon pays natal avec mon épée, j'ai dit adieu aux parents et j'ai voyagé loin. Au Sud, je suis allé jusqu'au pays de Cangwu, et à l'Est, j'ai vogué sur la mer immense.

龍池三浴歲駸駸空抱馳驅報主心牽向
朱門問高價何人一顧值千金
七十五叟杭郡金農畫詩書

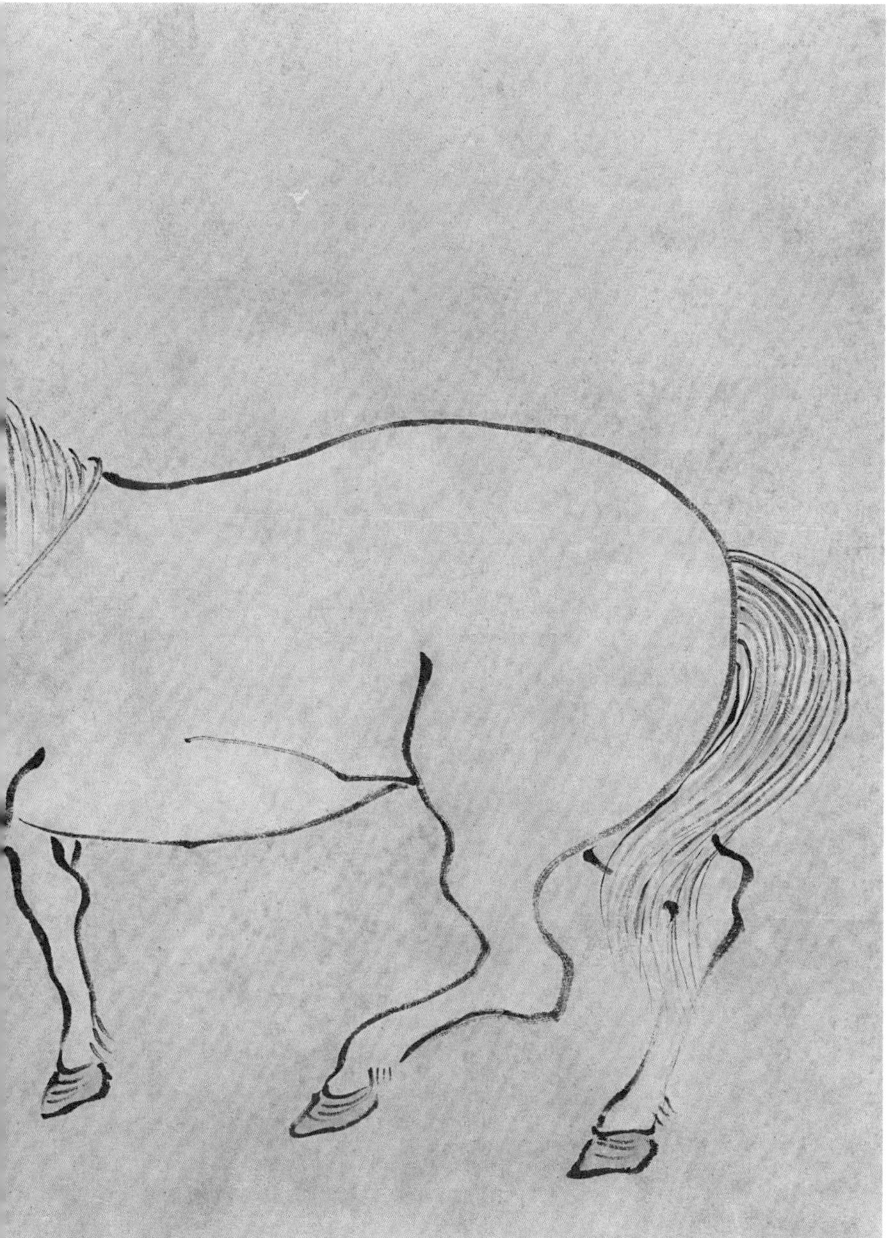

Tel était alors le rituel d'initiation pour les jeunes garçons de bonne éducation, à la puberté : leurs parents tiraient des flèches dans les quatre directions afin de symboliser l'immensité de l'espace qu'ils auraient à parcourir dans leur vie.

Le voyage dans les provinces lointaines est aussi une forme d'apprentissage pour un jeune homme qui aspire à être à la fois poète et gouvernant. Le voyage permet la rencontre avec la Chine véritable, profonde, archaïque parfois, mais toujours héroïque. Au VIIIe siècle, voyager implique de réels dangers. Les routes ne sont pas sûres, elles sont infestées par des bandits, parfois barrées par des soldats débandés qui errent dans la campagne à la recherche de rapines. Après le long séjour au mont Min, Li Bai part pour le Hubei, et traverse la région sauvage des Trois Gorges du Fleuve bleu. Il écrit en cours de route son poème *Sur le départ pour Jingmen* :

Je prends le bateau et traverse Jingmen
Me voici dans la région de Chu où commence mon errance
Les montagnes s'estompent au bout des plaines sauvages
Le fleuve coule désormais au milieu de grands espaces
La lune, miroir du ciel, s'envole et descend sur l'eau
Les nuages cumulent et font apparaître des mirages
Qu'elle est bienveillante, l'eau de mon pays natal
Qui coule dix mille lis pour accompagner ma barque !

Le voyage est également pour lui l'inspiration de la mélancolie, ce sentiment si particulier aux poètes de sa génération, confrontés à la nécessité de s'exiler, de chercher une autre terre. Lorsqu'il traverse Jingzhou, c'est encore la nostalgie de son pays natal qui le hante, comme un cri d'oiseau, exprimée par la bouche d'une femme qui pense à son époux parti en voyage sans date de retour :

Le vent soulève des vagues près de la Cité Baidi
Qui ose traverser la Gorge Qutang en ce mois de mai ?
Le riz est mûr à Jingzhou, les cocons se changent en papillons
Filant la soie je pense à vous, désemparée comme les fils enchevêtrés
Le cri des coucous est si triste, tout comme moi, désespérée

Mais la beauté de la nature sauvage subjugue le voyageur, le conduit à continuer sa marche :

Regarder de loin la cascade des Monts Lushan

Le soleil tape sur le Mont Encensoir d'où s'élèvent des fumées violettes
Au loin la cascade devient un grand fleuve qui épanche ses eaux
Qui se précipitent et descendent d'une hauteur de trois mille chis
Alors un doute me saisit : est-ce la Voie Lactée tombée des neuf cieux ?

Au bout du voyage sur le fleuve apparaît la grande ville de Jinling (Nankin), pas encore une capitale, mais un havre pour les poètes (et pour les buveurs).

Chant des Linges Blancs en mémoire des cantatrices et danseuses croisées à Nanjing :

Les chants timbrés montrent ses dents blanches
La belle est un mélange des beautés du Nord et du Sud

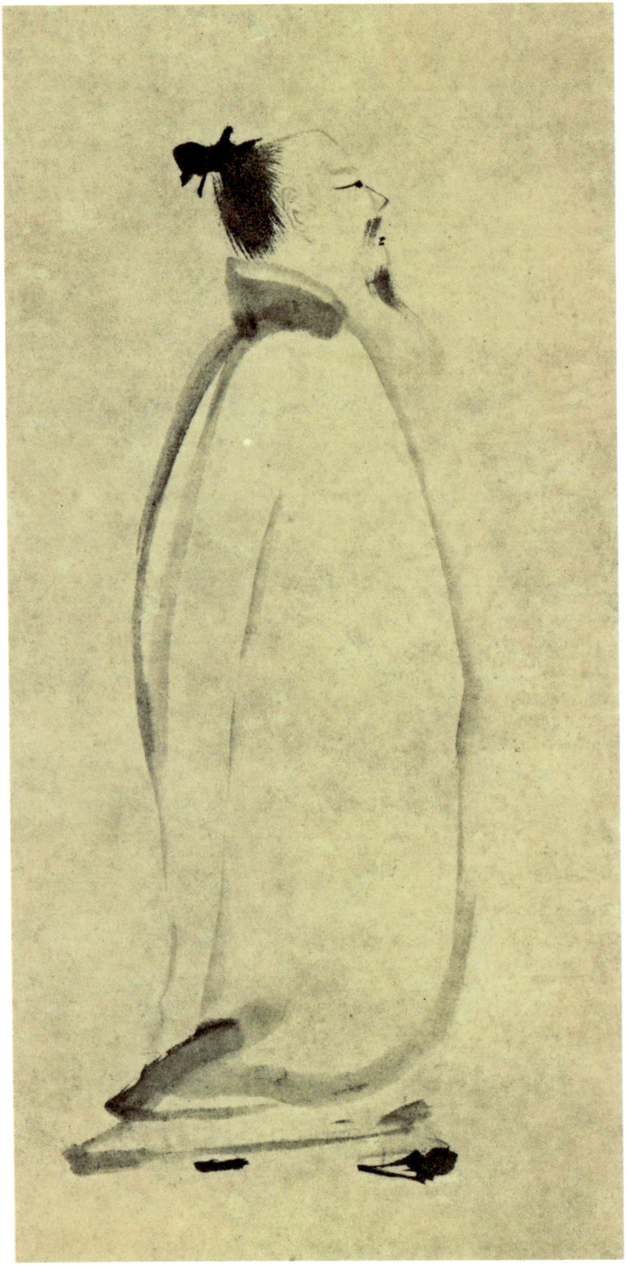

Le chant des Linges Blancs résonne sur l'eau verte
Les longues manches couvrant son visage, elle se met à danser

Lune froide sur fleuve à l'eau claire, la nuit est si profonde
La belle sourit, et son sourire vaut bien mille pièces d'or
La gaze flotte et la soie danse, une musique triste monte dans l'air
Ne chante pas, ô belle, des airs trop mélancoliques de Ying
Plutôt chants de Wu qui font bondir nos cœurs vaillants !

La robe de la danseuse est en soie colorée découpée aux ciseaux de Wu
Maquillage splendide et beaux habits dépassent la beauté du printemps
Elle lève les sourcils et tourne les manches, alors c'est la neige qui s'envole
Si rare dans ce monde, cette beauté unique pourrait faire tomber une ville !

Le *Chant du départ de Jinling*, dans une auberge de Nanjing, célèbre la beauté de la ville au bord de l'immense fleuve et chante l'amitié entre les jeunes de son âge :

La brise souffle les fleurs des saules, toute l'auberge est parfumée
La jeune servante verse le vin, m'incitant à boire et boire
Les amis de Jinling sont venus pour me dire adieu
Ils retardent l'instant du départ par des coupes qui se succèdent
Demandez, je vous prie, au fleuve qui coule vers l'est :
Qui coule plus loin, l'eau ou la tristesse de la séparation ?

La récompense du voyageur, c'est la rencontre de la beauté, au hasard des marches exténuantes.

Les filles de Wu, habitant le lieu-dit Chang Ganli
Ont des yeux plus ravissants que la lune naissante
Leurs pieds dans les sandales de bois sont blancs comme le givre
Ô les coquettes ne portent pas de chaussettes qui contraignent les orteils

Les filles de Wu ont une peau blanche
Elles s'amusent à basculer les barques
Elles font des œillades et offrent leurs cœurs printaniers
Cueillant des fleurs et séduisant des voyageurs de passage

Chaque rencontre au bord du fleuve est un tableau :

Dans le courant de la Rivière Ye, les filles qui cueillent des lotus
Rentrent leurs barques en chantant, à l'approche des voyageurs
Elles disparaissent dans les feuilles des nymphéas en riant
Et feignant la timidité, elles y restent cachées sans plus se montrer

Li Bai chante ces moments de beauté sans lendemain, volés au simple hasard :

Le vin des raisins rouges dans les coupes d'or
La fille de Wu, quinze ans, portée par un cheval gracile
Ses sourcils bien peints en noir, ses bottes de brocart rouge

Elle ne cache pas son accent, mais elle chante si bien !
Ivre de ce banquet somptueux, elle tombe dans mes bras
Sous la tente des hibiscus, qui reprochera ce manque de convenance ?

Ce que Li Bai exprime par-dessus tout, c'est cette liberté de vivre, de saisir l'instant, de glorifier la poésie et l'ivresse. Elle fait de lui, comme Du Fu l'écrit avec une affectueuse drôlerie dans son poème des *Huit Immortels de la coupe de vin* : « un immortel dans le vin ».

Le vin

Il aura été la grande passion de Li Bai, tout au long de sa vie.

On parlerait aujourd'hui d'alcoolisme. La société chinoise de l'époque « classique » (les Han, puis les Tang et les Song) montrait une assez grande tolérance pour l'intempérance. Le vin est un moyen d'accéder à une autre réalité, à une dimension différente de la pensée. Qu'il soit fait avec du riz, du jus du raisin ou des fruits sauvages, l'alcool ouvre un autre monde, qui est proche de celui des dieux et des immortels. Li Bai, fort conscient de la différence radicale entre l'état de l'ivresse et celui de la sobriété, prône nettement la supériorité du premier, que le sobre ne mérite tout simplement pas de connaître :

On a bien dit qu'un vin léger est un saint
Et qu'un vin fort est un sage
Puisque j'ai bu le sage et le saint
À quoi sert-il encore de chercher les immortels ?
Trois coupes et je maîtrise le Tao
Une jarre pleine et je ne fais qu'un avec la nature
Quand on saisit l'esprit de la boisson
À quoi bon expliquer à celui qui est sobre ?

Du Fu lui-même, lorsqu'il vivait à Chang'an, ne négligeait pas une occasion de se joindre à la société des buveurs. Dans un poème, il a célébré avec humour les *Huit Immortels de la coupe de vin*, intempérants et talentueux, dont on voit ici les deux premiers :

停琴舉酒杯咲對梅花飲
金吉金

Zhizhang, qui lorsqu'il va à cheval semble voguer sur un bateau
Étourdi, yeux troubles, il tombe dans un puits et s'endort au fond de l'eau
Le prince Ru Yang, avant une séance à la cour impériale, boit trois pintes
Sur la route il croise une charrette de levures, sa bouche dégoutte de salive
Et il s'indigne de ne pas avoir comme fief la ville des Sources de Vin

L'exemple le plus fameux de cette divinisation du vin fut donné, avant les poètes, par des artistes tels que le moine calligraphe Huai Su, dont on raconte qu'il composait ses calligrammes quand il était ivre et que, lorsqu'il avait fini sa composition, il poussait des cris inhumains. Un ami poète lui dédie alors ces deux vers célèbres :

Quand le génie le saisit, il dédaigne le monde apparent
Et c'est dans l'ivresse qu'il atteint la vérité suprême

Lui-même qualifiait son travail, lorsqu'il était sobre, de « divin » !

Durant la brève période où Li Bai est chargé par l'empereur Xuanzong de participer aux travaux de l'Académie, il croit un moment avoir atteint un nouveau chapitre de son existence, où il pourra enfin mettre ses compétences au service de l'administration. Il écrit des vers qui disent son enthousiasme :

Je quitte ma maison en éclats de rire, ma tête haute, vers le ciel
Quelqu'un comme moi, je ne suis pas de ce monde banal !

Il déchante vite, car son rôle à l'Académie n'est pas satisfaisant – un travail purement honorifique, sans aucun pouvoir de décision –, il s'adonne en toute liberté à la passion du vin, dépense beaucoup d'argent et se crée quelques ennemis mortels. Son état d'ébriété dépasse souvent les convenances. Il est parfois tellement ivre qu'on doit le porter jusqu'aux séances de l'Académie, mais même dans cet état il montre son génie créateur. L'anecdote de Li Bai, fin saoûl, incapable de se déchausser et demandant à l'eunuque Gao Lishi de lui ôter ses bottes afin qu'il puisse assister à une réunion avec l'empereur, montre à quel point il tient à sa liberté de conduite. Le même Gao Lishi utilisera contre lui un poème (*Le Chant des pivoines*) dans lequel Li Bai ose comparer l'épouse de Xuanzong, la célèbre Favorite Yang Guifei, à Zhao Feiyan, une concubine célèbre de la cour des Han, roturière et ambitieuse[3]. Dénoncé par Gao Lishi, poursuivi par la rancune de la favorite, le poète entre en disgrâce. Li Bai conserve encore son poste à l'Académie, mais il comprend alors qu'il ne progressera plus.

Le vin sert aussi l'amitié. Dans sa jeunesse, Li Bai aime participer à ces fêtes de l'esprit où le vin est source d'inspiration, de démesure. Avec Du Fu, ils célèbrent l'amitié dans la libation. Lorsque la vie les aura éloignés pour toujours, Du Fu évoquera le temps de leur amitié, lorsqu'ils étaient aussi inséparables que le soleil et la lune. Le poète moderne Wen Yiduo, l'un de ceux qui ont souligné l'importance de Li Bai et de Du Fu pour la modernité, l'a écrit à propos de cette amitié indissociable : Li Bai et Du Fu étaient, dit-il, « comme le soleil et la lune se retrouvant soudain dans un ciel ouvert ».

3. Aussi titré *Aux tons purs et planes*, ce poème est divisé en trois parties, dont la dernière dit ceci : *La Belle et la Pivoine sont deux sources de joie / Toutes deux attirent le regard souriant de l'empereur / Il s'appuie sur la balustrade en compagnie de la Favorite / Et voit se dissiper tous ses ennuis face aux deux beautés.*

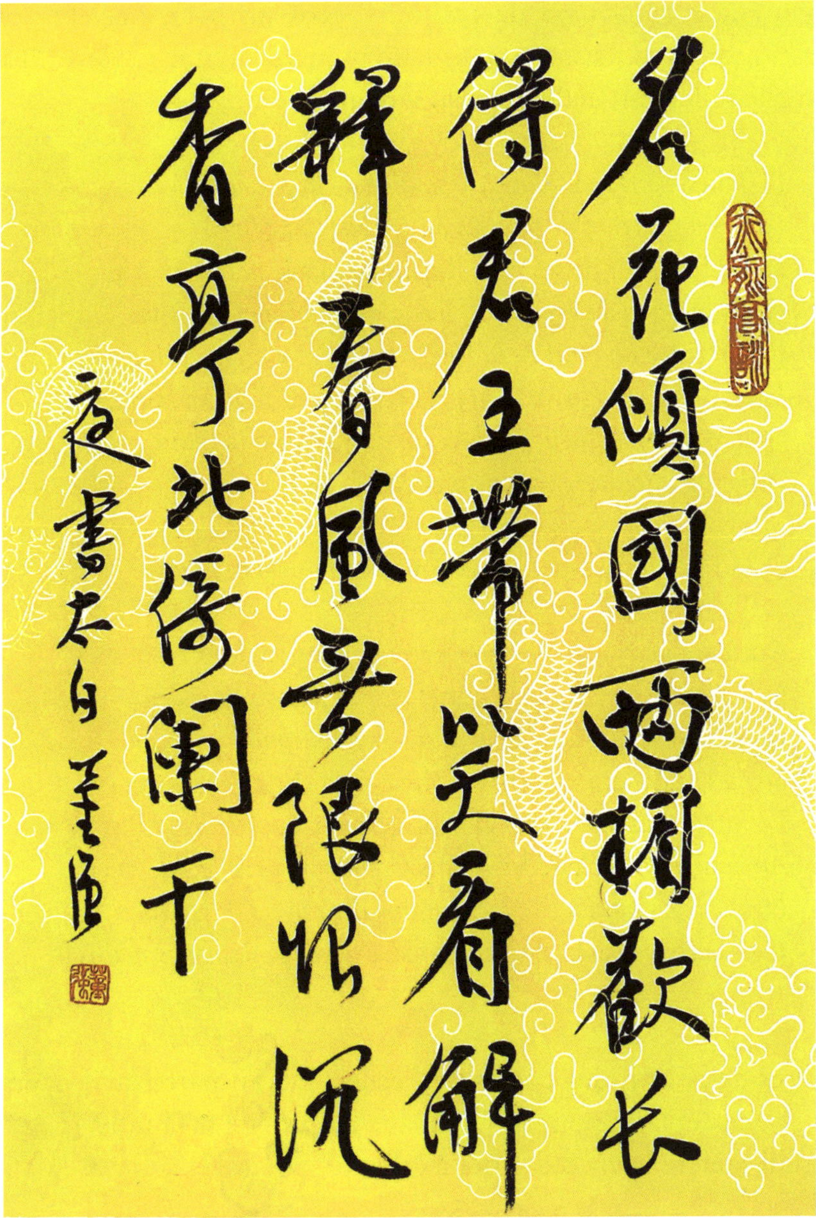

Li Bai, *Le Chant des pivoines* (troisième partie)

Du Fu, se souvenant de ces jours, écrit un poème célèbre où son estime pour Li Bai est au plus haut point, et où une retrouvaille éventuelle se fêterait en buvant du vin ensemble :

Li Bai est sans égal dans le domaine de la poésie
Qu'il est différent de tous les autres par son génie !
Par la fraîcheur de ses vers, il nous évoque le grand Yu Xin
Par l'élévation de son esprit, il égale le sublime Bao Zhao
Je me trouve au nord de la Rivière Wei en ce temps printanier
Et lui à l'est du Fleuve Bleu près des nuages crépusculaires
Quand pourrons-nous à nouveau, une coupe à la main
Parler de littérature comme on déguste les bons vins ?

Et Li Bai répond par un poème tout aussi célèbre :

Quelques jours à peine après notre séparation dans l'ivresse
Et je revisite déjà ces plateaux et étangs parcourus à deux
Quand est-ce que les coupes d'or se rempliront à nouveau
Sur ces routes qui mènent au Mont de la Porte des Pierres ?
Les vagues automnales ondulent sous mes yeux dans la Rivière Si
Au loin la mer éclaire les Monts Culai par ses reflets de soleil
Nous nous sommes éloignés comme des duvets de chardon
Je nous revois déjà, en train de vider la coupe dans nos mains !

Tous deux sont des poètes de l'échec. Du Fu parce qu'il devra sans cesse se déplacer pour subvenir aux besoins de sa famille. Li Bai parce qu'il préfère la vie d'errance à celle des poètes de cour.

Li Bai vit son échec auprès de l'Académie avec une certaine amertume, parce que sa poésie, croit-il, le place au-dessus des autres, dans un état proche de l'immortalité. En 744, à l'orée de la vieillesse, quand la plupart des littérateurs qui entourent l'empereur cherchent à profiter de la douceur et de la sécurité du palais de Chang'an, Li Bai décide de reprendre sa liberté. Il la demande à l'empereur, qui la lui accorde. Dès lors sa vie ne sera plus qu'une errance sans attache. Son mariage avec la petite-fille de l'ancien Premier ministre Xu Yushi, et la naissance de ses enfants (un garçon nommé Boqin – du nom du fils du duc de Zhou, dont Li Bai aimait à croire qu'il était descendant ; par affection, Li Bai l'appelle dans l'intimité Mingyuenu, « Lune brillante » – et une fille, sa préférée, Pingyang), auront été un échec – sans doute en partie parce que Li Bai, homme de l'Ouest, n'a pas respecté le principe confucianiste du mariage patrilinéaire, en acceptant de vivre dans la famille de sa femme.

Il en garde un sentiment de tristesse et de déception. À propos de Boqin et de Pingyang il compose ce poème, *À mes jeunes enfants restés à l'est de Lu* :

Ma fille très belle a pour nom Pingyang
Elle s'appuie sur les pêchers et effeuille les fleurs
Elle effeuille les fleurs et ne me trouve pas
Alors ses larmes coulent comme une fontaine

Mon fils a pour nom Boqin
De même taille que sa sœur
Ensemble ils aiment cheminer sous les pêchers
Quel adulte peut leur caresser le dos à ma place ?
L'idée me rend si triste que je perds presque la raison
Le chagrin me ronge chaque jour le foie et les intestins !

La rébellion d'An Lushan

An Lushan était issu de l'ethnie hun. Son nom, qui dans la langue hun était Zhaluoshan, a un sens particulier car il signifie le dieu de la guerre. La légende dit que sa mère, qui souhaitait un descendant masculin, fit une prière dans un temple dédié au dieu de la guerre avant de le concevoir. Il commence sa carrière comme un familier de la cour de l'empereur Xuanzong – déjà sur le déclin, et plus occupé au libertinage (musique, chant, prostituées, fêtes) qu'au gouvernement. Zhaluoshan gagne sa confiance, il séduit l'empereur par sa jeunesse, son audace, son insolence.

Pourtant ses contemporains dépeignent plutôt un homme brutal, avec une tendance à l'embonpoint. Également fourbe, flatteur envers les puissants et injuste envers les faibles – ce qui en fait l'exact contraire de l'idéal du gentilhomme confucianiste.

Il tente un premier coup de force contre l'empire mais ne réussit pas à mobiliser une armée. Vaincu, il est condamné à mort, puis gracié par l'empereur.

En 755, il a réuni à Luoyang (la capitale de l'Est, fondée sur le Fleuve jaune par l'empereur Wu de la dynastie des Zhu de l'Ouest) une immense armée hétéroclite (composée en partie de « barbares » de l'Ouest [Tibétains] et de dissidents des provinces du Nord-Ouest [Kirghizistan, Afghanistan, Mongols]) de près de 200 000 hommes. Il est secondé par un allié, Shi Siming, qui après l'échec même d'An

Lushan continuera la rébellion jusqu'à être tué par son propre fils, d'où l'appellation « Rébellions d'An et de Shi » pour cette période de guerre.

Xuanzong, indécis, sans véritable soutien, est mis en échec et doit quitter sa capitale de Chang'an pour se réfugier au Sichuan.

L'armée d'An Lushan est massée devant Chang'an, à environ quatre cents kilomètres de la capitale.

Li Bai, comme la plupart des hommes de qualité de la cour impériale, refuse la trahison d'An Lushan et cherche à rejoindre les forces de l'empereur.

Cette même année 755, il écrit le long poème *Chant du Tigre féroce* :

Les bannières des rébellions flottent sur les deux rives du Fleuve Jaune
Les tambours de guerre vibrent à faire tomber les montagnes
La moitié du peuple de Qin est capturée et exilée sur la terre de Yan
Les chevaux des Hun pâturent tranquillement dans les prés de Luoyang

Incapable de rejoindre l'empereur, Li Bai se réfugie à Xuancheng (au sud de Chang'an) :

J'ai des plans stratégiques mais je crains qu'ils ne déplaisent à l'empereur
Je me réfugie dans les terres du Sud, loin de la poussière des Hun
Mes précieux livres et ma longue épée cachés dans un haut pavillon
Mes selles d'or et mes belles montures laissées aux amis confidents

Pour Li Bai c'est un monde qui s'écroule, celui qui avait nourri son espoir d'un équilibre entre le pouvoir et la création poétique.

En 756, Li Heng, le troisième fils de Xuanzong, se proclame empereur à la place de son père. Le pouvoir semble hésiter à cet instant entre deux hommes : Li Heng et le prince Yong (le seizième fils de Xuanzong). Ce dernier, qui occupe surtout le Sud, convainc Li Bai d'entrer à son service. Ce que fait Li Bai, dans l'espoir d'une défaite d'An Lushan.

Il le fait savoir alors :

Je veux brandir le fouet de jade
Forcer les rebelles nomades à s'asseoir sur la natte de jade
Lorsque le vent du sud aura balayé la poussière des Hun
Nous pourrons entrer à Chang'an dans la lueur du crépuscule

Mais en 757 le prince Yong est tué par les armées fidèles à Li Heng.

Li Bai écrit :

Le bruit et la clameur sur les rives de Danyang
Les habitués et les serviteurs pareils à des nuages épars
Le vent souffle et les disperse
Je cours et je cours sans aucun but
Fuyant vers le sud à la poursuite des étoiles et des lumières

Sur la route du sud, Li Bai est capturé. Il est condamné à mort. Du Fu apprend la nouvelle et s'inquiète.

Pourtant la rébellion d'An Lushan s'essouffle. Guo Ziyi s'empare de Chang'an et de Luoyang. Li Bai est libéré mais, accusé d'avoir comploté contre l'empire, il est exilé au Yelang, réputé comme la région la plus sauvage et la plus reculée de l'époque. Amnistié grâce à ses amitiés littéraires, il descend le Fleuve bleu une fois de plus en bateau par les Trois Gorges. Il peut croire encore que sa chance a tourné et qu'il va enfin trouver sa place à la cour.

Il écrit, lors de ce voyage au fil de l'eau :

Le matin je quitte la Cité Baidi sous les nuées empourprées
Jianling est à mille lis mais je peux faire aller retour en un jour
À mes oreilles résonnent encore les cris des gibbons sur la rive
Et le frêle esquif a déjà traversé des montagnes aux mille plis

Les privations, les voyages ont usé sa santé. Il évoque alors l'animal fétiche, Peng, l'oiseau mythique du taoïsme qui au terme de son aventure tombe du plus haut du ciel. L'oiseau Peng est le présage de sa mort prochaine. Il le sait, sa voix en est obscurcie :

Quand le grand oiseau Peng déploie ses ailes, il remue tout le ciel
Hélas, au plein milieu du voyage, il sent ses forces l'abandonner
Mais le reste du vent qu'il soulève peut mouvoir d'infinies générations
Et il se reposera auprès de l'arbre Fusang auquel s'accrocheront ses ailes
Certes, les générations postérieures vont continuer à conter sa légende
Mais qui pleurera la mort d'un être fabuleux comme l'a fait jadis Confucius ?

Tout en étant conscient de sa postérité assurée, il craint que les générations futures ne sachent pas l'apprécier à sa juste valeur, comme Confucius a pleuré la mort d'une licorne, animal aussi fabuleux que l'oiseau Peng.

La mort frappe le grand Li Bai en l'an 762, à l'âge de soixante et un ans, quelque part sur la route du Sud. La légende raconte que le poète, pris de boisson, aurait plongé dans un fleuve attiré par le reflet de la lune – cette même lune à laquelle il avait été dédié par sa mère à sa naissance –, par les mêmes qualités de blancheur et de pureté. On ignore où sa dépouille fut inhumée, mais on sait que le fils de son ami Fan Chuanzheng fut chargé par les enfants de Li Bai de translater ses ossements dans un tombeau construit sur le flanc nord du mont Qingshan, à côté du tombeau de Xie Tiao, avec qui il aurait souhaité faire l'ascension de la montagne. C'est le même Fan Chuanzheng, poète lui aussi, qui fut chargé de rédiger l'épitaphe inscrite sur la tombe :

Sur la colline de la famille Xie, voici la tombe du noble Li
Le flot de la poésie continuera de couler au long des âges

Ce fut un oncle lointain de sa famille, Li Yangbing, qui fut chargé de recueillir la plupart des poésies que Li Bai avait composées et disséminées au hasard des voyages, sans souci de les transmettre à la postérité. Un vers de la célèbre *Route de Shu* résume sa passion pour la vie nomade, avec tout ce qu'elle implique de souffrance et de défi :

Que la route est difficile, plus difficile que de monter au ciel bleu !

La guerre

La génération des Li Bai, Du Fu, Wang Wei, Bai Juyi, Li Shangyin fut la génération de la guerre.

Cette guerre, ils ne l'ont pas choisie. Elle est venue troubler la paix de leur être, s'opposer à l'idéal de la philosophie et à leur art, comme un acte maléfique.

Les rébellions d'An Lushan et de Shi Siming, qui durèrent de 755 à 763 (huit ans de guerre), furent extrêmement coûteuses en vies humaines et en dégâts économiques. Arthur Waley estime, en tenant compte des recensements de la population effectués avant et après les rébellions, qu'elles coûtèrent la vie à plus de 30 millions de Chinois, l'empire étant passé d'un recensement de 53 millions d'habitants au début de l'ère de Xuanzong à 16 millions à la fin de l'insurrection. Ce ne fut pas seulement une guerre causée par l'ambition d'un général, An Lushan, mais l'affrontement entre l'empire central des Han (dans la capitale Chang'an) et les peuples vassaux de l'Ouest, désignés sous le nom général de « Hun », comprenant les Ouïghours, les Mongols et une partie des Tibétains.

Du Fu en a été le chroniqueur le plus fidèle, parce que, sans charge, sans protection, il partage le sort du peuple, fuyant les combats avec sa famille, en proie à la peur, à la misère, à la faim. Dans son poème *La Fuite à Peng Ya*, il raconte la route de l'exode à travers les montagnes :

Je me souviens qu'au tout début, pour fuir les rebelles
Nous avancions vers le nord et éprouvions toutes les difficultés
En pleine nuit, nous marchions encore sur la route de Peng Ya
Pendant que la lune brillait au-dessus du Mont aux Eaux Blanches
C'était une marche trébuchante pour toute ma famille, sans fin
Et on se montrait tout humbles à ceux rencontrés sur le chemin
La route montait et descendait, les oiseaux criaient dans les ravins
Nous ne croisions personne retournant vers le lieu de notre départ
Affamée, éperdue, ma petite fille se mit à me mordre
Elle pleurait si fort, j'avais peur d'attirer les tigres ou les loups
Je couvris alors sa bouche et je la serrai contre ma poitrine
Mais trop serrée, elle eut des pleurs qui repartirent de plus belle !
Mes petits garçons, voulant montrer qu'ils étaient moins enfantins
Demandaient des prunes sauvages, sans savoir qu'elles sont vénéneuses

La guerre que Du Fu a vécue ne peut pas être glorieuse, elle l'a meurtri dans sa chair :

Ma vieille épouse habite dans un district plus loin
Les dix membres de ma famille sont séparés par vents et neiges
Comment puis-je les laisser tout seuls trop longtemps ?
Alors je prends la route pour partager avec eux faim et soif
Je franchis la porte et j'entends des pleurs et des plaintes
Mon plus jeune fils vient de mourir !
Même si j'avais pu retenir les larmes de la plus grande tristesse
Les voisins ont répandu déjà leurs sanglots dans toute la rue !
Quelle honte que d'être le père d'un garçon fauché
Dans sa plus tendre enfance pour n'avoir rien à manger !

Même dans l'adversité la plus sombre, les pensées de Du Fu vont aussi au peuple qui partage cette douleur :

Dans le silence je pense à ceux qui ont perdu leurs professions
Ainsi qu'à ces recrues envoyées à la frontière et aux combats

La guerre, pour Du Fu, n'est pas un événement historique, comme on pourrait le dire d'un accident tellurique, d'une épidémie ou d'une sécheresse. C'est un élément corrupteur qui pénètre la terre et le ciel, qui imprègne les herbes du rivage, l'eau des ruisseaux, et rend vaines les images joyeuses de la nature :

Tristesse

Les herbes des rives suscitent tristesse jour après jour
L'eau au son clair de la Gorge Wu indifférente au monde miséreux
Tranquilles, les aigrettes se baignent dans les tourbillons, quel détachement !
Tout comme ces fleurs qui s'épanouissent sans ambiguïté sur l'arbre isolé
Hélas la guerre depuis dix ans a assombri les dix mille pays
Et le voyageur venu d'une région étrangère vieillit dans cette ville solitaire
Reverra-t-il un jour la Rivière Wei et les montagnes de Qin ?
Tant le peuple est épuisé et les tigres toujours aussi féroces !

L'amour

La poésie des Tang inaugure une ère nouvelle. Les poètes de cet âge sont les acteurs d'une culture liée à l'aristocratie et au raffinement de la cour impériale. L'inspirateur de cette culture – après les difficiles moments de la fin des Han et des guerres de succession – est l'empereur Xuanzong, un de ceux dont le long règne est identifié au culte des arts et à la poésie. Cette culture sans doute n'est pas nouvelle. Spécifique de la civilisation chinoise, la poésie est depuis toujours au cœur de son identité, aussi bien pour la noblesse urbaine (ceux de Chang'an, de Luoyang ou de Chengdu) que pour le peuple. Il suffit de penser au rôle qu'elle a joué dans la philosophie, à l'époque de Confucius (Kongzi) ou de Zhuangzi. *Le Shi Jing* est cité par les penseurs depuis le commencement comme la référence de toute vérité, et de toute culture.

La Chine est, sans doute de façon absolue, le pays du Livre, bien qu'il n'y ait jamais eu véritablement de textes sacrés tels qu'ils ont existé dans la société hébraïque ou, plus tard, pour les chrétiens et les musulmans. Pour la Chine, « Le Livre des poèmes » représente l'excellence humaine, dans la rencontre entre la forme et l'inspiration, la quintessence de la culture et du langage.

Cette poésie n'est pas exclusivement masculine. Dès l'origine, elle est aussi pratiquée par les femmes, et affirme leur rôle dans l'élaboration de la culture écrite. Pourtant, par la suite, la Chine traditionnelle, confucianiste, n'est pas un exemple de valorisation des femmes, tant s'en faut. Dans une société exclusivement dirigée par les hommes, les femmes jouent au mieux le rôle de faire-valoir, et le plus souvent sont confinées aux tâches domestiques et à la maternité. Il leur arrive d'écrire ou d'être musiciennes, mais les hommes n'attendent d'elles que la séduction ou la complainte, comme dans la célèbre ballade de Ban Jieyu sur l'éventail.

Mais on aurait tort d'y voir une caractéristique des sociétés orientales et confucianistes. L'Occident, dans sa version judéo-chrétienne, jusqu'à la Renaissance, n'a guère favorisé non plus la création artistique des femmes, réduites à un rôle subalterne de mères et d'épouses. En France la première femme à s'en libérer est Christine de Pisan, auteure (décriée en son temps) de *La Cité des dames* où elle prône la libération des femmes, leur enjoignant d'oublier leurs quenouilles et de se consacrer à l'étude. Elle s'oppose ainsi à la tendance érotique de la fin du Moyen Âge – c'est-à-dire à la poésie des troubadours et surtout au roman le plus populaire du siècle, *Le Roman de la Rose* de Guillaume de Lorris et Jean de Meung (Christine de Pisan fut de ceux qui critiquèrent le plus âprement le roman) –, à l'idée que les femmes sont la récompense des guerriers. Car, à l'époque, sous l'apparence d'une vénération idéale, elles sont prisonnières de la société des hommes.

En Chine, l'ère des Tang est plus spécifiquement féminine : au cours de cette dynastie, l'une d'elles réussit à s'émanciper et parvient, après plusieurs tentatives, à se faire reconnaître comme impératrice de Chine, sous le nom de Wu Zetian. Elle n'est pas seulement une

remarquable administratrice, favorisant la paix et l'harmonie entre les peuples de la Chine, elle se distingue aussi par son goût pour la culture et est à l'origine d'un renouveau de la littérature féminine, en commandant l'édition de la première anthologie consacrée aux femmes.

La dynastie des Tang est également le règne des intrigues : intrigues amoureuses – l'empereur Xuanzong donnera l'exemple d'une conduite dissolue, et surtout de son goût pour la séduction, allant jusqu'à s'emparer de la femme de son propre fils, la célèbre Favorite Yang (Yang Guifei) dont il fait sa concubine puis son épouse. Intrigues politiques, dans lesquelles les femmes et les eunuques jouent un rôle important et constant. Intrigues de pouvoir, auxquelles les hommes se livrent en vue d'acquérir des postes, des prébendes et des protections, et qui passent souvent par les favorites et les femmes puissantes. Cela n'est pas nouveau : dans l'œuvre la plus célébrée de la Chine archaïque, *Les Trois Royaumes*, la passion joue un rôle important et les femmes y sont souvent complices, par leur rouerie, du malheur des hommes.

Ce qui est nouveau sous le règne des Tang, c'est l'expression des sentiments. Les poètes de cet âge, à une époque où les femmes occupent une position plus favorable dans la société chinoise, ont un regard différent sur les relations entre hommes et femmes. Il n'est pas question d'égalité dans les rôles, on en est encore très loin. Mais l'amour tempère la brutalité des mœurs, apporte un changement dans l'inspiration et dans le sens du langage. Pour certains poètes, comme Du Fu ou Li Shangyin, l'amour est avant tout une aventure conjugale, partagée avec les membres de la famille, mari, femme, enfants.

Les poètes écrivent pour célébrer cet amour, pour regretter de n'avoir pas la liberté de le vivre pleinement. Leur engagement auprès de l'empereur les oblige à voyager au loin, à participer aux guerres, les condamne parfois à l'exil. Beaucoup de leurs poèmes parlent surtout de ceci, de la tristesse de la séparation, de la nostalgie du temps où le bonheur fleurissait au sein de la famille, dans le havre de la maison, de la détresse causée par l'éloignement, par le fait de ne pouvoir être auprès de leur femme, de ne pas voir grandir leurs enfants. Sans doute n'a-t-on jamais écrit de poèmes plus émouvants que ces aveux de tristesse et de solitude.

Malgré son goût pour l'errance, Li Bai garde au cœur un sentiment de tristesse et de déception, le regret de n'avoir pas été un bon mari, ni un bon père de famille.

D'une certaine manière la poésie de la dynastie Tang est complètement opposée aux mœurs de l'aristocratie contemporaine, qui vit dans un tourbillon de séduction et de violence sexuelle. Les sentiments qui sont dépeints par les poètes sont plus près du peuple, évoquent un attachement sincère des hommes à celles qui partagent leur vie, une reconnaissance mêlée à la crainte de la solitude, à l'appréhension d'une trahison ou d'une séparation définitive. Les poètes sont en grande partie les chantres d'une morale familiale, qui reste fidèle au modèle confucianiste et n'a rien à voir avec la licence de la cour impériale.

Les femmes elles-mêmes sont responsables de ce changement dans l'art littéraire à l'époque de Xuanzong. Dans cette société nouvelle, où elles ont une part de plus en plus grande, les éléments traditionnels de l'autorité masculine sont en recul. Le taoïsme substitue peu à peu son idéal de tolérance à la règle stricte du Maître. L'époque de Taizong est aussi celle du moine Xuan Zang qui va entreprendre l'un des voyages les plus audacieux de cette époque pour aller jusqu'en Inde à la recherche des textes fondamentaux (les « canons ») du bouddhisme – un voyage qui, on l'a dit, inspira le roman le plus célèbre de la Chine, *Pérégrinations vers l'Ouest* de Wu Cheng'en.

À l'héroïsme brutal de la société guerrière chinoise (héritière de Qinshi Huangdi, le premier empereur) se mêle peu à peu le message de compassion et d'amour du bouddhisme du Grand Véhicule. Même s'il serait excessif de vouloir identifier ce message à la féminisation de la société chinoise aristocratique, il est troublant de constater que la diffusion de cet enseignement est soutenue par les femmes. Lorsqu'elle atteint au pouvoir suprême, la grand-mère de l'empereur Xuanzong impose le culte du Bouddha en Chine et fait construire des temples, tels que le célèbre sanctuaire de Maitreya, où figure un bouddha assis en contemplation, expression d'une grâce féminine qui s'oppose aux représentations de guerriers de la dynastie Qin.

C'est dans la composition des poèmes qu'on peut lire le changement. Les poètes Tang parlent de l'amour, comme d'autres l'ont fait avant eux. On peut y lire le même désir, la même recherche d'un bonheur éphémère, la même attirance pour la beauté et la jeunesse. Mais dans cette quête naît la comédie des émotions, quelque chose qu'on pourrait appeler anachroniquement du nom de marivaudage, une certaine liberté dans les mœurs qui invente le partage des sentiments et la liberté des sens. Li Bai excelle à nous faire voir, au gré de ses aventures, les images de la jouissance qu'il recherche dans le vin et la compagnie des femmes. Pour lui la plupart de ces instants de séduction et de beauté sont pris au hasard de la route. Ce sont des scènes de la vie courante, qui montrent de très jeunes femmes en train de naviguer sur le fleuve, ou bien versant le vin dans une taverne du Sud, à Nanjing, ou Hangzhou. Il saisit comme un instantané la beauté insolente de la jeunesse, le coup d'œil narquois ou provocateur d'une belle fille qui aguiche le voyageur, puis feint la pudeur, il nous fait entendre la voix fraîche d'une chanteuse illettrée, il nous fait entrevoir la danse qu'elle exécute devant un public au marché, vêtue de sa robe éclatante, le visage maquillé de rouge, l'arc des sourcils dessiné au crayon.

La récompense du voyageur, c'est la rencontre de la beauté, au hasard des marches exténuantes :

La fille de Dongyang a les pieds nus
Le garçon de Kuaiji sur une barque brute
Ils se regardent, mais la lune refuse de se cacher
Alors l'impatience brûle et les ronge de l'intérieur

Dans le Lac du Miroir, l'eau est belle comme la lune
Et les filles de la Rivière Ye sont blanches comme la neige
Fraîchement maquillées, elles voguent sur les ondes
Deux éléments sublimes pour le voyageur enchanté !

Li Bai est un homme de l'Ouest, élevé dans la société libérale du Sichuan, il n'a pas honte d'avouer son goût pour les femmes de cette région, son attirance pour leur compagnie, pour leur langage, leur liberté de mœurs. Le mariage ne le rend pas plus sage ni plus stable : quatre fois marié, il abandonne le domicile conjugal pour vivre à l'aventure. Et lorsqu'il décide de mener une vie plus raisonnable, il commet une des infractions inacceptables pour les confucianistes, il va vivre dans la maison de son épouse. Ce faisant, il démontre son goût pour la société matrilocale du Xinjiang, la tradition matrilinéaire des peuples minoritaires de l'Ouest, si contraire à la règle des Han. Toute sa vie, il alternera les séjours au sein de sa belle-famille et les aventures qu'il vivra au long de son errance, à la recherche d'une situation digne de celle qu'il a épousée, et d'un lieu où survivre à l'exil.

Le poète Du Mu (803-852) consacre une partie importante de son œuvre à célébrer ses aventures amoureuses. Il évoque la légende de l'amour impossible du Bouvier et de la Tisserande – les deux étoiles Altaïr et Vega séparées par la Rivière du ciel, la Voie lactée – qui ne peuvent se retrouver qu'une fois par an, possiblement le poème le plus « romantique » de la littérature chinoise :

Nuit d'automne

Chandelle argentée, lumière automnale, paravent au ton froid
Avec son petit éventail de soie légère, la jeune femme écarte les lucioles
La nuit est si fraîche, on dirait qu'elle a répandu de l'eau sur les marches
Alors elle s'étend et regarde dans le ciel le Bouvier et la Tisserande

Aussi il n'hésite pas à avouer ses erreurs, comme dans son poème *Confession*, ou dans cette célébration du corps d'une très jeune fille (treize ans !), mille cinq cents ans avant le Humbert Humbert de Vladimir Nabokov – c'est pourtant juste l'âge où une jeune fille peut se marier en l'ancienne Chine, et il ne reconnaît que la faute légère d'avoir été, dit-il, un « amant volage » !

Départ

I
Mince, au mouvement gracile, elle vient d'avoir ses treize ans
Et toute fraîche comme en février les cardamomes sur leurs branches
Le long de la route de Yangzhou baignée dans la brise printanière
Derrière les rideaux de perles levés, aucune fille n'égale sa beauté

II
Les sentimentaux sont réduits au silence comme manquant de cœur
Seuls trahissent les sourires factices devant les coupes levées
Les bougies sont-elles plus conscientes de cette séparation douloureuse ?
Jusqu'à l'aube elles ont versé des larmes pour les amoureux

Loin de la poursuite de la jouissance, Du Fu reste fidèle à l'idéal confucianiste. Lorsqu'il voyage, poussé lui aussi par la nécessité ou par la guerre, il est le plus souvent accompagné de sa femme et de ses enfants. Les rares moments qu'il passe avec eux, comme lorsqu'il habite une modeste chaumière à Chengdu, sont malgré les difficultés matérielles des instants de bonheur sans mélange, qui inspirent ses plus beaux poèmes. Pour les poètes de cette ère troublée, l'amour conjugal est une sorte d'antidote à la violence et au désarroi. Il y a quelque chose d'éphémère dans ce sentiment, qui rend la poésie proche de nous, fait de ces poètes nos contemporains. Comme eux, nous savons que rien n'est éternel, et que les moments précieux sont sans lendemain. C'est cela qu'ils expriment avec force, ce mélange de rire et de larmes, ce passage du bonheur au malheur dans chaque poème, dans chaque scène.

記

Je voudrais m'arrêter sur certains de ces poèmes amoureux, comme les plus beaux jamais écrits. Les sentiments y sont en filigrane, jamais insistants, jamais imposés.

Li Bai :

Tristesse de l'escalier de jade

Les rosées blanches d'automne germent sur l'escalier de jade
Ses pantoufles de soie sont trempées tant la nuit est profonde
Alors elle rentre à l'intérieur ; et le volet de cristal baissé
Elle ne détourne pas son regard de la lune toujours aussi pure

Un portrait
une simple devinette
Qui a mieux parlé du chagrin d'amour qui mine cette femme, lorsqu'elle passe la nuit sur les marches de l'escalier qui conduit à la chambre de l'homme qu'elle aime, dans l'attente de sa venue ?

Quelles sont ces gouttes de rosée blanche sur les marches de jade ?
À qui ces pantoufles de soie trempées par la nuit ?
Et ce rideau de cristal qui descend sur les yeux ?
À travers une gaze légère, la lune d'automne
Déjà l'hiver commence, la solitude, le désespoir

La concubine abandonnée par son maître
Sa longue attente sur les marches transparentes
La rosée qui imprègne ses chaussons, ses habits, ses cheveux
Sur la frange de ses cils glissent les gouttes de ses larmes
elles brouillent sa vue, troublent la nuit froide

L'homme qu'elle aime est inconstant
L'automne commence pour cette femme
La lune annonce le déclin et la vieillesse
Ce sera bientôt l'hiver, la solitude

Wang Jian :

Attente d'un mari

Là où elle attend son mari
Le fleuve coule sans cesse
Elle s'est transformée en rocher
La tête dans la même direction
Vents et pluies l'assaillent de tous côtés, jour après jour
Elle devrait se mettre à parler au mari, le jour de son retour

Non pas des héros, ni des héroïnes
à quoi bon les héros dans la Chine des pauvres paysans ?
L'amour n'est pas le privilège des lettrés et des nobles
L'amour est universel
Il fait d'une femme une pierre au bord du fleuve
Une pierre qui endure le vent et la pluie
Une pierre qui regarde
muette et troublée de son regard de pierre
à travers le monde qui passe
pour trouver celui qu'elle aimera

La Mariée

Elle entre dans la cuisine le troisième jour du mariage
Les mains bien lavées, elle prépare soupes et potages
Ne connaissant rien sur la belle-mère ni ses goûts
Elle prie la belle-sœur de déguster et dire l'aigre et le doux

Elle est mariée de trois jours
déjà ses mains sont blessées à cuisiner
Elle veut plaire à sa belle-mère
partager les tâches avec sa belle-sœur

La survie simple
sa destinée, sans aucune raison de fuir
Tout le reste est imaginaire, sans doute
La réalité à chaque instant de sa condition de femme

Zhang Zhongsu :

Le Pavillon des Hirondelles

À l'étage supérieur, avec la lampe qui vacille, la Belle solitaire
A déjà quitté le lit de l'union parfaite dans le givre du matin
Toute la nuit, elle a pensé au défunt avec son amour sans fin
Les bouts de la terre et la lisière du ciel seraient moins lointains

Les pins et les cèdres cernent les tombes d'une brume lugubre
Au Pavillon des Hirondelles la Belle est plongée dans ses souvenirs

Elle a enterré les chaussures de danse à l'épée et cessé de chanter
Ses manches pourprées ne sont plus parfumées depuis dix années

Elle a vu passer les oies sauvages depuis la ville de Luoyang
Elle voit les hirondelles en couple à l'approche du printemps
Flûte et cithare de jade ne donnent plus envie de jouer
Elle les délaisse toutes sous la poussière et les toiles d'araignée

La vie, la mort

Pour cette femme dont le mari est décédé
il n'y a plus de chant, plus d'air de guitare
La belle robe pour danser a vieilli de dix ans

Chaque printemps les hirondelles reviennent à la tombe
et l'amour reste pris dans une toile d'araignée avec la poussière

Dans l'élégie de Bai Juyi à *La Joueuse de pipa* (sorte de guitare), on peut lire aussi le sentiment d'échec du poète :

À treize ans, j'ai déjà connu tous les secrets de l'art de pipa
Et mon nom figurait parmi les musiciens les plus demandés
Quand je finissais un air, je recevais même l'admiration de mon maître
Quand j'apparaissais en parures, les chanteuses étaient toutes jalouses
Les jeunes garçons riches se disputaient pour me faire des cadeaux
Avec un seul air je pouvais récolter d'innombrables tissus rouges !
[...]

D'année en année, je ne connaissais que plaisirs et joies
Peu d'attention prêtais-je au passage d'automne et de printemps
Mais mon frère cadet est enrôlé dans l'armée et ma tante décédée
Avec les matins et les soirs qui passent, ma beauté a fini par se faner
À ma porte, peu de visiteurs et les montures se raréfient
Plus toute jeune j'ai dû devenir l'épouse d'un marchand
La séparation lui importe peu, les marchands ne comptent qu'en gains
Il y a des mois qu'il est parti à Fuliang pour le commerce du thé
Depuis son départ, je garde à l'embouchure du fleuve notre bateau
Seules la lune claire et les eaux froides entourent cette coque vide
Dans la nuit profonde il m'arrive de rêver aux jours de mon adolescence
Alors au réveil mon fard est griffé par les larmes coulées dans le noir

Le poète est ému par le récit de cette femme, il s'adresse à elle :

« Je vous prie, asseyez-vous et jouez pour nous un autre morceau
Et comme récompense, je composerai pour vous une ode pour la pipa »
Touchée par ces paroles, elle reste longtemps debout sans mot dire
Elle s'assoit brusquement et se met à agiter les cordes avec ses doigts
Si sombre et si triste, cet air diffère de ce qu'elle a joué tout à l'heure
Toutes les personnes présentes baissent la tête pour cacher leurs pleurs
Lequel parmi cette assistance assise verse le plus de larmes ? Regardez
Le fonctionnaire humble que je suis, sa robe bleue est toute mouillée !

Sa musique résonne sur le chemin, la mélodie de la *Ceinture verte* et de *La Robe d'Arc-en-ciel.*
Sous ses doigts les notes semblent le bruit de la pluie sur les toits ou un doux murmure d'eau

une pluie de perles sur un plateau de jade
le babil du loriot au milieu des arbres en fleurs
un ruisseau sanglotant dans le sable de la rive

Elle a été belle, triomphante dans les fêtes
puis vint l'automne, la mort de son frère tué à la guerre
la mort de sa tante aimée
Sa porte fut ignorée de tous ceux qui autrefois s'y pressaient

Elle a épousé un vulgaire marchand
rude et indifférent qui l'abandonne pour vendre sa marchandise

Elle se souvient des jours heureux
les larmes creusent des sillons sur le rouge de son visage

L'œil

Le caractère chinois *zhen* (vérité, réalité) représente bien le sens que la culture chinoise donne à ce mot. Il est composé du radical « œil », la réalité étant tout ce que l'œil peut voir, le reste n'étant que spéculation. Cela peut sembler réducteur – particulièrement pour quelqu'un formé par la complexe philosophie européenne. Mais dans sa simplification, ce concept du réel est fondamental. Il est à l'origine de tout ce qui signifie l'humain, aussi bien dans l'art, la littérature, que dans la politique, la morale et les sciences sociales. Seule compte la réalité, et la recherche de la vérité est la finalité de toute réflexion. Rien n'est plus étranger à la pensée chinoise que l'idée, par exemple, d'une faute originelle que l'homme aurait à payer au long de son histoire. Dès que la Chine fut organisée en empire, les limites du pouvoir furent énoncées. Mengzi (Mencius) en donna les règles trois cents ans avant notre ère : « D'abord le peuple, ensuite les dieux, et en dernier vient le roi. » Ainsi, tout au long de son histoire, la Chine a réaffirmé, par la voix de ses poètes et de ses philosophes, la prééminence absolue de l'humain, son droit à la justice et à l'égalité. D'abord par les grands penseurs tels que Confucius, Zhuangzi, Mozi, puis par les écrivains, les poètes, les historiens. Cette pensée réaliste ne nia jamais la possibilité de l'imaginaire, de la fantaisie, du fabuleux et de l'irréel, mais toujours la subordonna à la clarté de l'intellect, à la nécessité de l'examen rationnel.

Telle est la modernité de la poésie des Tang, qui la rend si proche malgré le millénaire et demi qui nous en sépare. Quelle que soit l'aventure du poète, quel que soit son sort, il doit toujours rester proche du réel, revenir au présent. Même lorsqu'il cherche à atteindre le règne des immortels, il doit rester avant tout un homme. Et s'il imagine un autre temps – s'il évoque le devenir de la race humaine, comme Li Bai ou Li Shangyin –, ce ne peut être que comme une aspiration irréalisable, un rêve sans durée, une métaphore momentanée.

Ce qui rend les poètes de la dynastie Tang si familiers, c'est leur vulnérabilité, leur faiblesse : ils briguent parfois des charges importantes, et les obtiennent, ils traversent souvent les intempéries, protégés par leur art (et par les mécènes au service desquels ils se sont mis). Mais ils restent des gens de peu d'importance, des plébéiens, parfois des domestiques – qui pour un rien, jalousie, caprice, sont rejetés loin de la cour et envoyés en exil, ou même punis de mort.

L'art des Tang est un art de la réalité : la dureté des temps, cette guerre incessante qui rend la vie précaire, les poètes tels que Du Fu et Li Bai ou Bai Juyi l'ont expérimentée. Ils ont souffert de la faim, ils ont craint pour leurs familles, ils ont été sans cesse en mouvement pour se sauver. C'est le paradoxe de cet âge, qui sans doute exalte l'inspiration. La poésie doit à la fois réaliser les plus grandes prouesses techniques, dignes de l'ancienneté du langage et de la culture, et rendre compte de la vérité du quotidien, telle que les poètes la vivent à chaque instant.

江廣之山多此

Du Fu et Li Bai, une amitié

L'amitié entre Du Fu et Li Bai est une des choses émouvantes de l'histoire littéraire de la dynastie Tang. Il est difficile d'imaginer deux caractères plus différents, deux façons de vivre plus opposées. Li Bai est un aventurier, épris de liberté, de gloire personnelle, avec un penchant incontrôlable pour l'alcool et l'obsession d'atteindre le séjour des immortels. Il est beau, fort, violent, extrêmement vaniteux. Mais il sait qu'il a du génie, et cela lui donne cette sorte d'assurance insolente qui séduit les puissants et trouble le cœur des femmes. Du Fu, au contraire, est un homme modeste, raisonnable, timide, même s'il sait être courageux dans l'adversité. Il est persuadé de la nécessité d'être responsable, envers l'empereur et envers sa propre famille. S'il est lui aussi un errant, c'est parce que l'époque où il vit est d'incertitude et de désastres, et qu'un homme sans protection ne peut trouver son salut que dans l'exil ou la fuite. Mais contrairement à Li Bai, Du Fu n'est jamais si heureux que lorsque, au milieu des turbulences politiques, il peut trouver un refuge avec sa famille dans une modeste chaumière du Sichuan, à Chengdu. L'endroit est isolé, au milieu d'une forêt de bambous, près d'un ruisseau, un décor pour un ermitage plutôt qu'une maison de lettré. Et pourtant il s'y sent bien et imagine que ce pourrait être son lieu d'élection, si les circonstances ne l'obligeaient pas à s'en aller. C'est là qu'il écrit un de ses plus beaux poèmes, *À la vue des lucioles*:

Une nuit d'automne, près du Mont Wu, s'envolent des lucioles
Traversant le rideau elles se posent sur les habits de l'homme assis

Celui-ci ressent soudain le froid qui touche déjà le luth et les livres
Et voit à travers leur agitation quelques étoiles au bord du toit
Il sort et les suit jusqu'au puits où elles dansent avec leurs reflets
Sur le passage elles s'attardent et illuminent les étamines des fleurs
Cheveux blancs, fatigué des fleuves, l'homme se lamente : « Regarde-toi
Vieil homme, seras-tu toujours là à contempler ces lucioles, l'an prochain ? »

Amitié improbable, parce qu'ils ne sont pas de la même génération. Lorsqu'ils se rencontrent en 744, Du Fu a à peine trente ans, ne connaît pas bien la vie et bénéficie encore de la protection de son père. Li Bai, lui, a déjà la quarantaine, c'est-à-dire, dans la Chine ancienne, qu'il est un homme mûr – il s'est séparé de sa famille, il a connu les difficultés de la vie – et, surtout, auréolé d'une célébrité que n'atteindra jamais Du Fu. Pourtant, la sympathie mutuelle est immédiate et ils se donnent tout de suite rendez-vous pour visiter un lieu pittoresque près de Luoyang. Excursion qu'ils font en compagnie d'un autre poète, Gao Shi. L'année suivante, ils se retrouvent de nouveau et voyagent dans les montagnes de Shandong. Cette fois, ils restent plusieurs mois ensemble. Mais après cette rencontre ils ne se reverront pas, à cause des vicissitudes de la guerre. Ce voyage marquera à vie Du Fu qui restera un fidèle admirateur de Li Bai. Il lui consacrera des poèmes, il évoquera son souvenir. Li Bai, lui, en aîné vagabond, ne lui a presque jamais répondu, mais les quelques rares poèmes consacrés à Du Fu montrent qu'il connaît bien son ami, à l'instar de ces vers « ludiques » où l'affection est teintée de sarcasme : il parle de sa maigreur, qu'il attribue à l'exigence intellectuelle et physique de Du Fu pour faire des poèmes parfaits, ce qui lui donne une réputation de « martyr » en poésie :

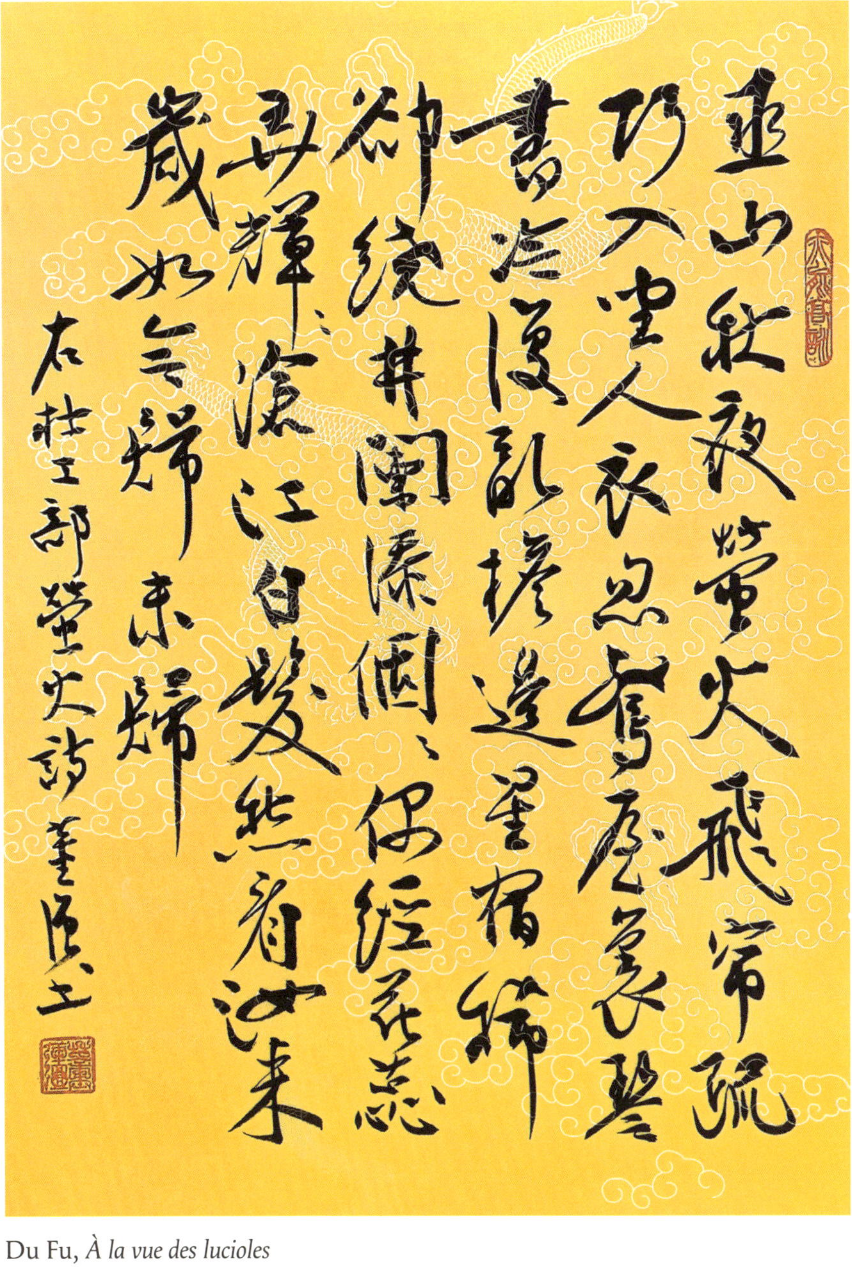

Du Fu, *À la vue des lucioles*

À Du Fu, sur le mode ludique

Sur le mont Fankou je rencontre Du Fu
Il porte un chapeau de paille pointu sous le soleil de midi
Depuis la dernière fois, dis-je, tu as encore beaucoup maigri :
Tu subis des supplices pour faire des poèmes à la perfection !

L'amitié entre les deux hommes est bien réelle, sans doute parce qu'ils sont complémentaires. Li Bai est le héraut du taoïsme, enthousiaste, possédé par le démon de la poésie (et par le vin). Son inspiration est un mouvement spontané, instinctif. Il est capable, à la demande, d'improviser un quatrain pour illustrer la beauté d'une princesse, ou pour célébrer la grâce un peu vulgaire d'une courtisane qui chante et danse dans une cour d'auberge. Il est capable aussi de refuser son art, et de risquer la haine d'un grand en dédaignant une invitation. Du Fu, lui, est un modèle de rigueur morale, l'exemple même du gentilhomme confucianiste, conscient du rôle du poète, et de la nécessité de travailler pour composer une poésie parfaite dans sa forme et sublime dans son fond. L'un et l'autre sont dévoués à la cause de l'empereur et capables de courage lorsqu'il faut résister à la menace barbare. Mais si Li Bai ne renonce jamais à briguer des charges honorifiques, dans la haute idée qu'il a de lui-même, et motivé par son goût de l'action, Du Fu, lui, sait qu'il ne parviendra jamais à approcher le pouvoir, parce qu'il n'appartient pas à la classe privilégiée. Cet échec, il l'utilise pour garder son rôle d'observateur critique, et incarner la philosophie.

Ce qui les rapproche, malgré leurs caractères contraires, c'est l'amour de la poésie. Ils ne renoncent jamais à la création, même dans les circonstances les plus difficiles, lorsqu'ils fuient tous les deux l'avancée de l'armée rebelle, même lorsqu'ils sont en prison, en danger de mort. Ils composent sans cesse, l'un dans l'emportement, l'autre dans la réflexion, toujours avec la même rigueur, le même respect pour les règles de la métrique classique et le même contrôle de la langue. Ils ne cèdent jamais à la facilité. La poésie, pour l'un comme pour l'autre, est la seule aristocratie qu'ils puissent accepter, parce qu'elle est le privilège du travail. Et au même instant, la poésie leur permet d'exprimer une plainte, un désir, un espoir qu'ils ne trouvent pas dans la réalité. S'ils sont populaires – de leur vivant déjà, mais surtout dans l'histoire de la Chine –, ce n'est pas parce qu'ils ont incarné le peuple, mais parce qu'ils ont exprimé la vérité du quotidien en des termes qui la subliment et la rendent éternelle. Telle est la force de l'art sous la dynastie Tang. C'est sans doute la première fois dans l'histoire du monde que la littérature atteint à une telle indépendance.

C'est la poésie qui scelle leur amitié. Lorsqu'il apprend l'exil de Li Bai au Yelang, Du Fu craint si fort sa mort qu'une nuit Li Bai apparaît dans son rêve. Bon augure ou mauvais augure ? Du Fu va laisser une des preuves d'amitié les plus touchantes de la poésie chinoise :

En rêvant de Li Bai

Nous étouffons nos sanglots quand la mort nous sépare
Mais nous pleurons fort lorsque la vie sépare les vivants
Exilé vers le Sud, lieu des miasmes redoutables
Tu ne m'as toujours pas envoyé de nouvelles

La nuit dernière, tu m'es apparu en rêve
Tu as compris combien tu me manques !
J'espère qu'il ne s'agit pas de ton âme défunte
Séparés par monts et rivières, nous ne sommes sûrs de rien
Quand tu apparais, la forêt des érables est sombre
Quand tu repars, la nuit plombe les passes militaires
Toi qui es lié par des cordes et pris au piège
Comment as-tu pu te libérer avec tes ailes ?
La lune décroissante remplit la chambre où je me réveille
Et je doute toujours si c'est ton visage qu'elle a éclairé
Les eaux sont si profondes et les vagues si puissantes
Puisses-tu échapper aux gueules des dragons qui résident dans l'eau !

Li Bai, en bon taoïste, a une vision plus détachée – c'est sans doute pourquoi, malgré sons sens très fort de l'amitié, il ne répond pas aux lettres de Du Fu.

Au nord du rempart se dressent les montagnes vertes
La ville, à l'est, est ceinte par les eaux blanches
C'est ici même que nous allons nous séparer
Et commence pour chacun la longue marche solitaire
Les nuages flottants reflètent l'état d'âme du voyageur
Le soleil couchant comprend si bien les sentiments de l'amitié
Un geste de la main et à chacun sa route
Laissons les hennissements des chevaux entrer en résonance

Du Fu

Du Fu est né en 712 à Gongxian, près de Luoyang, une ancienne capitale de la Chine, sous le règne de Ruizong, de son vrai nom Li Tan, et cette même année l'empereur abdique en faveur de son troisième fils Li Longji, l'empereur Xuanzong appelé postérieurement Ming Huang, l'empereur éclairé. Il grandit sous l'influence du bouddhisme (initié par l'impératrice Wu Zetian, sous le règne de qui son père a vécu) – influence contrecarrée par la cour des Tang, qui dispersera les moines et détruira les temples. Durant l'enfance de Du Fu, l'empire s'oppose au pouvoir grandissant des Tibétains et des tribus de l'ouest de la principauté de Ba Hanna (Ferghana, au Kazakhstan, que les Tang appellent par un nom sinisé : Da Yuan), dans un climat d'escarmouches plutôt que de guerre, mais qui a certainement alimenté les craintes du jeune poète. Sous l'empereur Xuanzong, la guerre continue jusqu'à une paix relative avec le Tibet et la conquête du Vietnam (Tonkin). En 731, à l'âge de dix-neuf ans, Du Fu commence ses voyages. À vingt ans, il se rend dans les régions des anciens royaumes de Wu et Yue, et à vingt-quatre ans se soumet une première fois à l'examen officiel à Chang'an, pour entrer au gouvernement. Il échoue. Dix ans plus tard il se présente de nouveau, échoue encore et reste à Chang'an. En 751, enfin, il est accepté pour une charge officielle anodine, celle de garder des objets des rites impériaux. De toute sa vie, il n'obtiendra que des postes peu importants, dont celui de conseiller impérial de bas grade. Mais, pour avoir plaidé en faveur d'un ministre peu en vue de l'empereur, il se verra déchu de ce poste.

Ici encore on voit tout ce qui sépare Du Fu de son aîné Li Bai. Li Bai, qui dédaigne de se présenter à l'examen officiel, vogue au plus près du pouvoir, dans l'espoir de devenir un conseiller militaire de l'empereur. Du Fu se contente d'illustrer ses missions en écrivant des poèmes qui rendent compte de la condition du peuple dans ces provinces marginales que sont le Sichuan et le Gansu. Il parle des paysages sublimes de la montagne, de l'hiver qui blanchit les steppes, de la beauté des chevaux provenant de Ferghana, alias Da Yuan :

Cheval de l'officiel Fang

Ce cheval est bien de la race réputée de Da Yuan
Il a une ossature coupante comme lame de sabre
Ses oreilles pointues comme des lamelles de bambous
Il a des sabots qui volent à la vitesse du vent
Quand il se lance, rien ne lui fait peur, ni immensité ni obstacle
Le chevauchant, on peut bien lui confier la vie
Avec une telle monture féroce et volante
On peut parcourir tous les champs de bataille avec triomphe

Le Portrait d'un faucon, poème de Du Fu, souligne quant à lui la noblesse du règne animal, sa beauté, sa cruauté instinctive, si différente de la cruauté des hommes :

Blanc comme le givre, il plane sur le vent
Ce portrait du faucon est différent de tout autre !
Quand il se dresse, il veut attraper des lapins élancés
Quand il fixe son regard vers le bas, il semble un Hu en colère
[…]

Et regardez quand il va attaquer des oiseaux peu vaillants
Les herbes de la steppe seront souillées de sang et de plumes !

De même que Li Bai, Du Fu a vécu la rébellion d'An Lushan comme une épreuve difficile – sans doute en a-t-il davantage souffert, parce qu'il a dû subvenir aux besoins de sa famille. Mais il connaît le pire lorsqu'il revient chez lui et découvre que l'un de ses fils est mort. Cette guerre lui est douloureuse, non parce qu'elle menace son ambition personnelle en éliminant le pouvoir en place, mais parce qu'elle est la cause de grandes famines, d'insécurité, de violences. Les images qu'il utilise dans sa poésie, les plaintes des mères de famille, les pleurs des enfants, tout cela est bien réel, il s'en sert pour dénoncer l'horreur de la guerre. Contrairement à Li Bai, il n'est pas un guerrier, plutôt un témoin.

Les dernières années de Du Fu se déroulent au fil de cette errance, qui le conduit avec sa famille à s'installer à Kuizhou, dans la région des Trois Gorges, puis à Changsha. À la fin de 770, il décide de rejoindre sa ville natale, près de Luoyang, de nouveau pacifiée, mais des problèmes financiers le retiennent à Tanzhou (Changsha). Il meurt dans un bateau entre Tanzhou et Yueyang, sans doute de diabète. Il est alors âgé de cinquante-huit ans. Son fils lui donne une sépulture provisoire sur la route.

Après sa mort, Du Fu sera presque oublié, malgré l'admiration des grands comme Han Yu ou Bai Juyi. Ce sont les poètes Song, notamment Su Shi, qui réveilleront sa mémoire, le proclamant le meilleur de sa génération. D'une certaine façon, sa gloire posthume fut plus grande que sa célébrité de son vivant, sans doute parce que, s'il lui a manqué le brio et la légèreté des écrivains de cour, son message mystique et son engagement dans les problèmes de son temps lui ont donné une valeur universelle.

La compassion

C'est le sentiment de compassion qui domine l'œuvre de Du Fu – et d'une certaine façon, qui deviendra l'identité de la poésie de la dynastie Tang. Après eux, la prouesse extraordinaire de la versification, cette sorte d'acrobatie mentale qui a dominé la création littéraire, jusqu'à la préciosité parfois – cette brillance qui a tant servi Li Bai et desservi Du Fu –, tout cela ira en s'affaiblissant au fil du temps, jusqu'à l'avènement des Song. Les poètes qui suivront cette génération incroyablement talentueuse renonceront progressivement aux artifices qui avaient enchanté les Tang. Ils écriront une poésie plus terre à terre, factuelle, réaliste, à l'image d'une société plus prosaïque, pour laquelle survivre est devenue le premier souci. L'examen officiel des candidats aux postes de décision va perdre de sa gloire légendaire. Après les Tang, sous les Song et les dynasties suivantes, on renonce petit à petit à cette épreuve poétique, pour laisser le champ libre aux ambitions ordinaires et au népotisme. Jamais plus la Chine, ni aucun pays du monde, ne connaîtra cette gloire littéraire.

Quel est le rôle de Du Fu dans la littérature de son temps ? S'il n'a pas été véritablement un précurseur – d'autres grands poètes avant lui ont parlé de la guerre et de la détresse du peuple –, il est néanmoins celui qui a exprimé cette inquiétude avec le plus de force.

Il est le poète de la guerre, non pas de la guerre glorieuse, mais de cette destruction de l'harmonie qui frappe le peuple, tandis que l'empereur abandonne la lutte et s'enfuit.

Lin ! Lin ! Les chariots grincent sur la route. Xiao ! Xiao ! Les chevaux renâclent
Les hommes partent au front, chacun porte à sa hanche un arc et des flèches
Les pères, les mères, les épouses, les enfants, tous viennent dire adieu
La poussière s'élève, et cache la vue du pont de Xian Yang
Les familles s'accrochent aux soldats, à leurs habits, pleurant, trébuchant
Le son des pleurs monte dans le ciel, sépare les nuées blanches
Sur la route, le passant que je suis se renseigne auprès des hommes en marche
Et les hommes répondent que les enrôlements sont beaucoup trop fréquents
Des adolescents de quinze ans engagés pour garder le nord du Fleuve Jaune
Et des hommes de quarante ans pour labourer des terres à usage militaire
En partant ils sont si jeunes, on leur attache les cheveux avec des rubans
En rentrant leurs cheveux sont blancs et on les envoie de nouveau à la frontière
Sur les marches du pays le sang coule comme l'eau de la mer
Et l'empereur n'arrête toujours pas ses ambitions d'étendre le territoire !
Vénérable, n'avez-vous pas entendu dire que pour le clan des Han
Dans les deux cents préfectures à l'est de la Montagne Huashan
Dans les milliers de villages, les herbes folles poussent aux champs
La terre est mal labourée, les plantes sont semées à tort et à travers
Car ce sont des femmes, bien que vaillantes, qui manient la bêche et la charrue
Et de plus, les soldats de Qin sont connus pour se battre avec endurance
Alors on les pousse à attaquer, comme s'ils étaient coqs et chiens
Bien que le vieux que je suis ne cesse de poser des questions
Qui oserait vraiment tout dire et surtout dire ses plaintes et haines ?
Tenez, rien que l'hiver de cette même année, on n'a toujours pas cessé
D'envoyer de nouveaux soldats à l'ouest de la passe Han Guan
L'Officier du District nous presse pour percevoir des taxes

楚江巫峽半雲雨
清簟疎簾看弈棋

Mais où trouvera-t-on l'argent des rentes, les taxes ?
Nous avons enfin compris que faire naître des garçons est mauvais
Qu'au contraire il faut donner naissance aux filles
Lorsqu'une fille naît, elle pourra au moins se marier à un proche
Lorsqu'un fils naît, il finira couché au milieu des herbes sauvages
Vénérable, ne voyez-vous pas que sur les bords du Lac Vert
Les os blanchis sont dispersés, et personne ne les rassemble
Les esprits des morts nouveaux se plaignent, les anciens fantômes pleurent
Sous le ciel assombri, dans la pluie, on entend leurs cris : Chiu ! Chiu !

L'expérience de la guerre inspire à Du Fu son plus beau poème, le plus vrai, le plus tragique, où il décrit une scène à laquelle il a pris part, lors de l'arrivée de recruteurs dans un village de montagne :

La Troupe des recruteurs au village de la Butte aux Pierres

Le soir je trouve un refuge au village de la Butte aux Pierres
En pleine nuit arrive une troupe de recruteurs qui cherchent des hommes
Mon vieil hôte s'enfuit en passant au-dessus du mur de la maison
Ma vieille hôtesse ouvre la porte et regarde ce qui se passe
Que la voix du sergent est coléreuse quand il se met à gueuler
Que la voix de la vieille est pleine de tristesse mêlée de ses sanglots !
Écoutez, Seigneur, ce que la vieille devant vous va vous dire :
« J'ai déjà envoyé trois fils sur le front pour garder les remparts
L'un de mes fils vient d'envoyer un courrier pour me faire part
Que ses deux frères sont tout récemment morts dans les batailles
Celui qui est vivant n'arrive à garder sa vie que par pure chance
Et ceux qui sont décédés, hélas, ils sont partis pour toujours !
Dans ma maison, chez moi, il n'y a vraiment plus d'hommes

Seul un petit-fils, encore tout bébé, encore à la mamelle
Et c'est seulement pour ce bébé que sa mère ne s'est pas remariée
Mais quand elle sort et rentre, elle n'a pas un seul jupon convenable
Je sais que je suis beaucoup trop vieille et je n'ai plus trop de forces
Je vous prie pourtant de m'emmener, Seigneur, je vous suis cette nuit
Je vous suivrai pour répondre aux services urgents de Heyang
Si on arrive à temps, je peux toujours préparer la cuisine du matin!»
Dans la nuit profonde, peu à peu on n'entend plus de voix humaines
Mais je crois entendre s'éloigner des sanglots qui ne s'arrêtent pas
Quand le jour se lève, je me réveille et je dois reprendre ma route
Pour prendre congé je n'ai en face de moi que le vieil hôte de retour

La guerre a besoin de chair fraîche, de sang, de soldats. Le cri du recruteur est un cri d'oiseau de proie! Le cri de la vieille, un cri de douleur!

Ce que Du Fu a écrit, mille trois cents ans avant nous, résonne toujours avec la même force.

Devant la cruauté de l'agent recruteur, la vieille femme est prête à se sacrifier, pour assouvir la voracité des soldats. Il leur faut quelqu'un, ce sera elle, même si elle n'est bonne qu'à leur faire la cuisine.

Qui a dit que la guerre est belle? Où sont les héros?

Li Bai l'aventurier, le chevalier à la longue épée, est lui aussi frappé de pitié lorsqu'il voit vivre le petit peuple des paysans, ceux qui donnent à manger aux guerriers ingrats.

Passant la nuit dans la hutte de la Vieille Dame Xun,
au pied du Mont des Cinq Pins

Je trouve un abri sous les Cinq Pins
Solitude et angoisse m'étreignent
Les paysans travaillent durement chaque automne
Ma voisine passe la nuit froide à décortiquer le riz
La Vieille Dame Xun m'offre le riz sauvage sur son giron
Le plateau semble gelé dans la clarté de la lune
Je ressens une infinie gratitude comme envers une bienfaitrice
Disant non merci sans cesse, je n'ose toucher à la nourriture

La compassion imprègne tous les poèmes de Du Fu, elle se mêle à son regret du temps perdu, de la jeunesse évanouie, de l'impuissance à changer le cours de l'Histoire. Dans son poème *Écrit sur le Pavillon Yueyang*, il dit l'affaiblissement, le désespoir, comme une lumière qui s'éteint lentement :

J'ai entendu parler souvent du Lac Dongting
Maintenant je suis enfin en haut du Pavillon de Yueyang
Le lac immense sépare Wu et Chu, l'un à l'est, l'autre au sud
Et tous les astres semblent flotter dans l'eau jour et nuit
Je ne reçois plus un mot de ma famille, plus un mot de mes amis
Vieilli, malade, je n'ai qu'une barque solitaire qui m'accompagne
De nouveau, la guerre fait rage dans les régions du Nord
Appuyé sur les balustrades, je sens des larmes couvrir mon visage !

Du Fu, l'amoureux des beaux chevaux qui l'ont conduit vers l'aventure autrefois, dans sa jeunesse, regarde son fidèle compagnon qui va mourir – est-ce la première fois qu'un poète parle de son cheval, comme le fera plus tard Francis Jammes de son âne ? Il écrit ce huitain :

Mon cheval malade

Je t'ai monté depuis bien longtemps
Sous les grands froids, vers les passes militaires
Vieux, dans la poussière, tu ne ménages jamais tes forces
La saison est froide, et tu es malade, que cela est triste !
Tu n'as pas une résistance physique plus forte que les autres
Toujours est-il que tu es plus fidèle à ton maître
Un cheval est peu de chose mais ton sentiment est si profond
Tu m'émeus tellement que je compose pour toi ce poème

Du Fu compose cette élégie au cheval, et sans doute aussi pour lui-même, en pensant à ces années d'errance, de douleur, d'exil, de solitude. Mais y aura-t-il un ami, un soldat, y aura-t-il quelqu'un pour le regarder se coucher sur la terre, et frissonner de fièvre ?

La solitude ne l'afflige pas par pitié pour lui-même, mais parce que le monde tout entier est un lieu d'abandon et de violence :

Debout, tout seul

Un oiseau prédateur surgit de je ne sais où
Deux mouettes blanches nagent dans la rivière
Le prédateur est prêt à tout moment à attaquer

Qui parle encore de glisser tranquillement sur l'eau ?
La rosée des herbes se mêle à l'aile qui s'alourdit
Quant à la toile d'araignée, elle ne cesse de se tisser
La nature a ses lois proches du monde humain
Debout, tout seul, je m'inquiète pour mille choses

L'image du bonheur perdu le hante dans sa vie errante, trouble la beauté d'une nuit éclairée par la lune, à Fuzhou :

Une nuit de clair de lune

Ce soir la belle lune ronde de Fuzhou
Seule dans ta chambre tu regardes
Je pense à distance à mes enfants chéris
Trop jeunes pour avoir nostalgie de Chang'an
La rosée mouille tes cheveux pareils aux nuages
La lumière pure de la lune refroidit tes bras de jade
Quand pourrons-nous nous appuyer contre la fenêtre
Et laisser enfin la lune sécher les larmes de nos yeux ?

Du Fu excelle dans l'expression de l'irrésolution, de la fragilité. Le sentiment de compassion du bouddhisme, tel qu'il l'a reçu de son père, est l'écho de mouvements intérieurs qui s'opposent, alternent, hésitent.

La paix de la nature est longue, puissante.

Seule, la lumière
Sur les vagues, sur l'océan du ciel éternellement clair
La pluie, le ciel d'automne
Un collier rompu, chaque perle est un miroir
Le ciel est le parfait miroir
Perles tombant de la vasque de la clepsydre
Chaque goutte de rosée est une parcelle du temps
qui emplit en la ployant la coupelle des fleurs

Après lui, le poète Li Shangyin exprime lui aussi ce sentiment d'infinie solitude, dans cette ère de désertion et de mort :

Les insectes d'automne sous les herbes, le givre sur les feuilles
La balustrade vermillon, zigzagant, défait la lumière sur le lac
Le lièvre frissonne, le crapaud a froid, la lune est si pâle
Une telle nuit, même Chang'e là-haut doit avoir le cœur brisé !

La recherche de l'élixir d'immortalité, qui condamne la déesse Chang'e à l'exil dans le froid de la nuit lunaire, en compagnie, vengeance ironique, du lapin (ou du crapaud) apothicaire, n'est-ce pas la fable de la condition humaine ?

Femmes

L'idée reçue d'une civilisation chinoise machiste a besoin d'être révisée.

Même si le confucianisme a commencé à régner absolument depuis le IIe siècle avant notre ère sous l'impulsion de l'empereur Wudi des Han, sur les conseils du grand lettré Dong Zhongshu, il n'a représenté qu'un aspect de la Chine, lié au pouvoir de l'ethnie Han. Mais en Chine il y a beaucoup d'autres composantes, reliées à diverses ethnies, à des idées philosophiques différentes, parfois même à une cosmogonie particulière. La création du monde chez les Han, associée au mythe de la déesse serpent Nü Wa, ne ressemble pas au mythe de la genèse chez les Mandchous, pour qui le monde émergea d'un océan de bulles.

Cette diversité est liée à l'immensité du territoire de la Chine. Sous la dynastie des Tang, la Chine est plus vaste qu'elle ne le sera jamais par la suite. Elle s'étend de la côte du Nord-Est (la Manchourie et le royaume de Koryo) jusqu'aux régions barbares de l'Ouest, au-delà de la Fergana, passées les Portes de Fer, dans ce qui est aujourd'hui le pays des « stan », Kirghizistan, Kazakhstan, Ouzbékistan, Turkménistan. Sa frontière sud englobe le Tonkin et l'Annam, sa frontière nord-ouest se fond dans l'immensité désertique de la Mongolie, et son autorité s'étend jusqu'au cœur de l'empire rival des hautes montagnes de l'Himalaya, le Tibet. Cet immense empire est dirigé par les familles régnantes successives depuis les deux capitales, Chang'an (Xi'an) à l'ouest, et Luoyang à l'est.

Dans cette société pluriculturelle, pluridialectale, les influences les plus diverses s'exercent. En même temps que s'est développé le système patriarcal autoritaire tel que professé par Confucius, se sont affirmées les idées philosophiques du taoïsme avec Lao Zi et Zhuangzi, le charisme social de Mozi et, à partir du Ve siècle de notre ère, l'influence croissante du bouddhisme, en particulier autour de la personne du moine Xuan Zang, qui rapporta d'Inde les canons du bouddhisme.

Nous avons vu la présence grandissante des femmes dans la société chinoise, après la crise liée à la création du premier empire de Qin.

Deux femmes ont marqué l'histoire de la Chine sous les Tang : Wu Zetian, l'unique impératrice de la Chine (de 690 à 705) ; et la concubine Yang Guifei, la célèbre Favorite Yang dont le sort tragique inspira les poètes Tang, en particulier Du Fu et Bai Juyi.

La légende qui entoure la prise de pouvoir par Wu Zetian est un mélange de faits avérés et de contes d'horreur – la cruauté avec laquelle elle tua sa propre fille avant de régner, et sa vengeance envers l'impératrice Wang et son alliée Xiao, la première femme de l'empereur, qu'elle fit mourir en les noyant dans des jarres de vin. L'histoire de cette femme est tout à fait étonnante. Elle fut d'abord une concubine sans importance, dans le sérail de Taizong qui comptait cinquante autres femmes, mais sut se faire remarquer du dauphin – on raconte que c'est en changeant les draps de son lit qu'elle réussit à séduire le prince héritier, jusqu'à devenir sa favorite, puis son épouse officielle. Son emprise sur les hommes – sur l'empereur Taizong d'abord, puis sur le fils de Taizong, Gaozong – est citée comme un exemple de l'influence malfaisante des concubines à la cour impériale, mais sans doute cette légende noire est-elle une exagération des chroniqueurs

qui détestèrent être sous l'autorité d'une femme. Il semble que, durant le règne de Wu Zetian, l'administration améliora la condition des paysans en équilibrant les comptes et en réduisant les taxes, et que le commerce put prospérer dans la paix des frontières, avec la remise en service de la « Route de la Soie », de Chang'an jusqu'à la mer Caspienne. Son règne long de quinze ans – sous le nom de la dynastie Zhou qu'elle avait usurpé – fut aussi favorable au développement du bouddhisme en Chine. Les gouvernants qui suivirent détruisirent nombre de temples et interdirent la pratique de la religion, mais l'idéal du bouddhisme de Wu Zetian survit dans l'admirable statue du Bouddha de Maitreya, expression d'une douceur et d'une grâce féminines qui manquèrent sans doute à l'impératrice[4].

Si l'impératrice criminelle n'a pas inspiré les poètes Tang, en revanche une autre femme a marqué cette époque, Yang Guifei, qui fut célébrée par Li Bai, par Du Fu et surtout par Bai Juyi.

L'histoire de cette femme exceptionnelle est, grâce à eux, restée vivante : tous s'accordèrent à vanter sa beauté ainsi que celle de ses trois sœurs, toutes anoblies par l'empereur sous les noms de Han Guo (Dame du Royaume Han), Guo Guo (Dame du Royaume Guo) et Qin Guo (Dame du Royaume Qin). Bien que son père ne soit qu'un fonctionnaire peu gradé, elle devint très jeune l'épouse du prince de Shou, le fils de l'empereur Zhongzong, grâce à une origine familiale très glorieuse. Elle fut ensuite enlevée à son mari pour devenir Guifei, la toute-puissante favorite de l'empereur Xuanzong, puis son épouse principale, instituant de fait une situation semblable

4. Le Bouddha de Maitreya est appelé aussi le « Bouddha du futur », incarnant la vertu de compassion. Selon la légende, l'impératrice, féministe avant l'heure, demanda que la statue représentât le Bouddha sous l'aspect d'une femme – et le sculpteur lui donna les traits du visage de Wu Zetian.

à l'inceste. Elle finit tragiquement, abandonnée par son mari sur la route de la fuite. On dit aussi que ce sont les rebelles d'An Lushan qui la tuèrent à coups de sabre dans le jardin du palais impérial à Chang'an. Une autre version, plus cruelle encore, raconte qu'elle fut obligée de se pendre elle-même sous les yeux de l'empereur. Elle avait été célébrée par Li Bai dans un poème resté dans toutes les mémoires, *Le Chant des pivoines*, où il comparait sa beauté à celle d'une concubine fameuse de l'empereur de la dynastie Han – une comparaison hasardeuse qui déplut à Yang Guifei et causa la disgrâce de Li Bai, puis son exil loin de la capitale.

Du Fu critiqua lui aussi, pour des raisons morales, la concubine dans un poème satirique intitulé *L'Excursion des Belles*. Mais ce qui inspira surtout les poètes Tang, c'est la condition précaire de ces femmes, leur solitude lorsqu'elles tombaient en défaveur.

Un des poèmes de Li Bai évoque cette fragilité de l'amour, le sentiment d'abandon que ressent la femme lorsque l'homme qu'elle aime est au loin :

Les herbes du Nord reverdissent, fines comme fils de soie
Les mûriers de l'Ouest courbent les branches sous leurs fruits mûrs
Tu penses à rentrer à la maison à la vue des herbes vertes
Et j'ai mon cœur brisé en voyant ces mûriers aux fruits lourds
Vent printanier, intrus malvenu, que je connais à peine
Pourquoi viens-tu me perturber en entrant sous ma tente !

Ainsi la complainte ordinaire d'une femme déçue par son sort:

À quatorze ans je suis devenue ta femme
Et j'ai caché mon visage tant j'étais timide
Tête baissée, toujours face au mur sombre
Je ne me retourne vers toi qu'après mille appels
À quinze ans seulement je ne me bloquais plus
Et j'ai souhaité partager avec toi les poussières de la vie
J'ai juré de préférer la mort à rompre nos vœux
Qui sait si un jour je serai en attente d'un mari sans retour?

Wang Changling parle aussi de la solitude des femmes:

Plainte d'une jeune mariée dans son boudoir

La jeune mariée dans son boudoir n'a jamais connu de chagrin
Elle monte en haut d'un pavillon vêtue de sa plus belle robe printanière
Soudain elle aperçoit au loin les feuilles vertes des saules
Comme elle regrette d'avoir laissé partir son amour pour la vaine gloire!

L'amour et la fidélité inspirent les plus beaux poèmes de la dynastie Tang, hors des conventions qui affadissent les sentiments et des clichés qui embarrasseront plus tard la poésie persane ou les métaphores des troubadours. Du Fu et Bai Juyi y voient sans doute la contrepartie de l'égoïsme et de l'appétit de possession de la société masculine. La solitude est le lot des femmes en cette époque de violence, comme un remords sans issue. Li Yi l'exprime dans le bref poème ironique *Un chant du Sud*:

J'ai épousé un marchand de la Gorge de Qutang
Matin et soir il me délaisse dans l'absence sans espoir
Si j'avais su que les marées reviennent toujours à temps
J'aurais dû épouser un marin qui chevauche les vagues !

Ou encore Li Duan dans la complainte douce-amère de la joueuse de cithare, qui fait des fausses notes pour que le Seigneur tourne le regard vers elle, comme le maréchal Zhou Yu des *Trois Royaumes*. Celui-ci, fin mélomane, même en pleine discussion avec des hôtes, tourne son regard vers les musiciens quand ils jouent faux :

Comme ils sont clairs les sons de la cithare dorée !
La belle aux doigts fins joue dans la chambre de jade
Écoute bien, pour que son Seigneur jette un œil sur elle
De temps en temps elle fait une fausse note !

C'est le poète Bai Juyi qui a écrit l'un des plus beaux poèmes de la dynastie Tang pour célébrer le destin de Yang Guifei et de ses sœurs. De l'histoire tragique de cette femme qui fut aimée de l'empereur, puis lâchement abandonnée par lui, de sa mort tragique, il a créé une légende romanesque restée vivante dans la mémoire, souvent reprise par les peintres et les écrivains – et par le cinéma, dans le beau film de Mizoguchi, *L'Impératrice Yang Kwei-Fei*. Ce poème s'intitule *Deuil éternel* :

Le monarque épris des femmes cherche une beauté exceptionnelle
Il est sur le trône depuis des années sans pouvoir en trouver une
Dans la famille des Yang, une fille vient d'atteindre l'âge adulte

Bien élevée dans l'alcôve, à l'abri de tous, on ignore tout sur elle
Sa beauté est un don du ciel, elle est faite pour une vie peu banale
Un jour elle est choisie pour servir aux côtés de l'empereur
Quand elle se retourne et sourit, mille charmes se répandent autour d'elle
Et les jolies femmes des six palais perdent d'un coup tout intérêt

Au printemps, le souverain l'autorise à se baigner dans la Source chaude
À l'étang de la Pureté, l'eau glisse sur sa peau comme du lait
Les dames de cour l'aident à se lever : elle est alanguie par l'eau chaude
Et elle va recevoir pour la première fois l'amour de l'empereur
Visage de fleur, chevelure de nuage, sa coiffe d'or tremble à chaque pas
Sous la tente d'hibiscus, elle passe la nuit en compagnie du souverain
Les nuits printanières sont hélas courtes, le jour s'accroche haut au ciel
Alors l'empereur décide d'annuler les séances matinales à la cour
Avec lui elle partage toutes les fêtes, tous les festins, sans répit
Elle voyage avec lui à chaque beau jour et partage le lit chaque nuit
Certes, dans un palais il y a trois mille beautés qui vivent ensemble
Mais en elle seule l'empereur concentre son amour destiné à toutes
Une maison en or est construite pour elle avec servantes privées
Aux banquets du Pavillon de Jade, elle s'enivre de vin et de printemps
Ses frères et sœurs reçoivent des biens et se voient anoblis
Les plus grands honneurs tombent sur sa famille
Cela donne un bon exemple à tous les pères et à toutes les mères
Qui s'efforcent de faire naître des filles plutôt que des garçons !

Le palais de Li est somptueux, aux édifices s'élevant jusqu'aux nuages
Le vent répand la musique divine entendue à chaque coin du palais
Chants et danses languissants, au son de flûtes et de mandolines
Du matin au soir, l'empereur ne se lasse pas de les passer en revue

La guerre aura raison de l'amour de l'empereur Xuanzong pour Yang Guifei. L'armée vouait une rancune tenace à l'intrigante qui s'était immiscée dans les affaires d'État, elle tint sa revanche. Elle obligea l'empereur à abandonner son amante. Seule, sans soutien, Yang Guifei fut mise à mort dans le village de Mawei, sur la route de Chengdu.

Un jour les sons des tambours de bronze des rebelles font trembler la terre
Ils coupent court aux chants de La Robe d'Arc-en-ciel et de l'habit de plumes
Des nuages de poussière jaune s'élèvent au-dessus des remparts de la ville
Des milliers de chars, avec dix mille cavaliers, s'enfuient vers le sud-ouest
Les étendards impériaux ont beau s'agiter, l'armée s'avance et s'arrête
À une centaine de lieues de la Porte de l'Ouest, ils s'arrêtent définitivement
Les six armées refusent de continuer, l'empereur n'y peut plus rien
Ils exigent la mort de la Belle, son corps s'écroule devant les chevaux
Ses bijoux précieux sont tombés par terre, personne ne les ramasse
Ni épingle d'émeraude, ni peigne de jade, ni l'oiseau d'or qui orne ses cheveux
L'empereur se cache le visage, de honte et de crainte, sans pouvoir la sauver
Quand il se retourne on voit sur son visage du sang mêlé à ses larmes
[...]
Dans la région de Shu, l'eau des rivières est pure et les montagnes bien vertes
Matins comme soirs l'empereur a le cœur rongé par le remords
La lune au-dessus du palais provisoire répand des lumières déchirantes
Dans les nuits pluvieuses il entend sonner des cloches aux sons lugubres
Le destin a tourné en sa faveur, l'empereur peut rentrer sur sa chaise de dragon
Repassant par le lieu où est tombée la Belle il ne peut plus continuer la route
Dans la boue, sous la terre, du lieu-dit Mahuai, un village désormais célèbre
Aucune trace de la Favorite Yang au visage de jade vainement sacrifiée
Les ministres et l'empereur se regardent et pleurent, robes mouillées de larmes
Bientôt vers l'est ils voient la porte de la capitale et entrent dans la ville
Les sources et les jardins ont gardé la même chaleur et la même couleur

Les hibiscus poussent toujours à l'étang et les saules au Jardin de Weiyang
Mais les hibiscus rappellent son visage et les saules sont comme ses sourcils
Face à tout cela, l'empereur ne peut empêcher ses larmes de couler
Et quand la brise du Printemps éparpille les fleurs de pêcher et de prunier
Et quand l'automne pluvieux voit les feuilles des platanes tomber par terre
Dans les palais de l'Ouest et du Sud les herbes d'automne poussent partout
Les marches de jade, jonchées de feuilles rouges, personne ne les balaie
Les jeunes élevés dans le Jardin des Poiriers ont déjà les cheveux grisonnants
Et les eunuques vieillissent en même temps que les servantes
Au soir, voyant les lucioles, l'empereur ne peut retenir ses pensées
La lampe solitaire va s'éteindre, mais il ne réussit pas à trouver le sommeil
Les tambours et cloches tardent à sonner, les nuits sont plus longues qu'avant
La Voie lactée est profonde et elle brille sans arrêt, l'aube tarde à venir
Les toits qui couvrent des lits de couple sont froids et le givre pèse sur eux
La couverture de plumes de héron semble gelée car personne ne la partage
Un an s'est passé sans que la morte et le vivant ne se revoient
Pas une seule fois l'âme de la Belle n'entre dans les rêves de l'empereur!

(Pourtant un jour l'empereur entendit parler du pays d'outre-tombe où vivent les fées...)

Parmi ces fées charmantes il en est une dont le nom est « Toujours Vrai »
Avec son visage de fleur, blanche comme la neige, elle ressemble à la Favorite
L'émissaire de l'empereur traverse les galeries et frappe à la porte de jade
Il demande au Petit Jade d'aller annoncer à la déesse sa visite
Quand elle apprend que c'est l'émissaire de l'empereur en personne
Sous sa tente splendide elle a un sursaut comme dérangée pendant le sommeil
Elle repousse l'oreiller, attrape les vêtements, et met du temps à s'habiller
Elle se lève et pousse les uns après les autres les écrans d'argent et de perles
Sa chevelure de nuages est en désordre, elle s'est réveillée depuis peu de temps
Sa coiffe de fleurs de travers et sa toilette mal faite, elle descend vers la porte d'entrée

Le vent soulève ses manches et les fait voler en même temps que son corps
C'est tout comme lorsqu'elle dansait La Robe d'Arc-en-ciel et l'habit de plumes
Son visage de jade est griffé par les larmes de la solitude à peine séchées
Belle comme une branche de fleurs de poirier emperlée par la pluie printanière
Les yeux pleins d'amour, elle fixe l'émissaire et le remercie pour sa visite
Aucune nouvelle, ni par le visage ni par la voix, après qu'ils se sont quittés
Leurs amours sont évanouies pour toujours dans le Palais de Zhaoyang
Et les jours et les nuits sont sans fin au pays des fées sur l'île Penglai
Il lui arrive souvent de baisser la tête et regarder la terre en dessous
Hélas, elle ne voit pas Chang'an, cachée par des poussières et des brouillards
Comme preuves d'amour, elle montre qu'elle a gardé des affaires du temps passé
Elle ouvre la boîte qui contient son épingle à cheveux et ses bijoux d'or
Elle garde un pan de la boîte, une aile de l'épingle, comme un bel ensemble
Et elle envoie à son Seigneur la moitié de tous ces trésors avec ce message :
Si seulement nos cœurs sont aussi purs et résistants que ces objets en or
Tôt ou tard, sur terre ou au ciel, nous nous retrouverons sûrement un jour
Au moment de dire adieu à l'émissaire, elle ajoute un billet doux
Qui contient un serment secret que seuls connaissent elle et l'empereur :
Au septième jour de la Septième Lune, il n'y avait qu'eux deux
À minuit, au Palais de la vie éternelle, ils se murmuraient à l'oreille :
J'ai envie d'être au ciel avec toi, volant comme deux oiseaux, aile contre aile
Et sur terre je veux être un arbre dont le tronc s'enlace au tien pour toujours
Le ciel est sans fin, la terre existera toujours, pourtant ils font aussi des pauses
Mais ce regret entre nous, il est si long, si long, et ne connaîtra jamais de fin

D'autres dames de la cour inspirèrent les poètes Tang, dont Mei Fei, une des favorites de Xuanzong, qu'il délaissa pour Yang Guifei. Dans le poème *La Femme aux cheveux blancs dans le Palais de Shangyang*, Bai Juyi évoque le désespoir d'une autre femme qui, abandonnée dans un palais de Luoyang, finit tristement sa vie dans de longues années de solitude :

Son visage a la beauté d'hibiscus, sa poitrine couleur de jade
Mais l'interdiction lui est faite d'approcher l'empereur
La Favorite Yang la regarde de loin d'un œil méfiant et jaloux
Elle finit par ordonner de la confiner dans le palais de Shangyang
Alors toute sa vie elle est vouée à garder la chambre vide
Que la chambre est vide, et les nuits d'automne interminables !
Interminable nuit, sans sommeil, à attendre le jour qui tarde à se lever

Pour le poète, cette femme abandonnée est le plus digne de pitié :

Les gens au-dehors du Palais ne la voient jamais
Sinon ils se moqueraient d'elle tant sa robe est démodée
Oh, femme de Shangyang, ton destin aura été de souffrir
Souffrir quand tu étais jeune, souffrir quand tu es vieille
Comment supporter tant de souffrances, de la jeunesse à la vieillesse !
On a perdu la trace du bel éloge de Lu Xiang pour la Beauté Sublime
Voici le chant pour la Dame aux cheveux blancs du Palais de Shangyang !

Li Shangyin sera à son tour ému par la légende romanesque de l'amour impossible. Est-ce aussi à cause de la solitude du prince que Yang Guifei a abandonné pour vivre avec l'empereur ?

Fête de l'étang du Dragon

Le banquet à l'étang du Dragon aux paravents de mica
Toute musique s'arrête au son des tambours barbares
À minuit s'achève le banquet mais la clepsydre continue
Le Prince Xue est ivre mort et le Prince Shou reste lucide

Bai Juyi

Bai Juyi appartient à une autre époque. Né en 772, bien après Li Bai et Du Fu, il n'a pas connu les années terribles de la guerre civile au temps d'An Lushan. Mais il a été témoin dans son enfance des conséquences de cette guerre, le désordre, la famine, l'insécurité sur les routes. La grande différence avec la poésie des Tang des règnes de Gaozong et de Xuanzong, c'est que chez lui les difficultés sont intériorisées, elles expriment un sentiment d'inquiétude, une impatience de vivre, comme dans son poème *Résignation* :

Détourne ta pensée des choses révolues
Penser au passé fait naître le regret et la souffrance
Mais détourne-toi aussi de penser à l'avenir
Car penser au futur te remplit de désespoir
Mieux vaut rester assis sans bouger
Mieux vaut coucher la nuit comme une pierre
Quand vient la nourriture, ouvre la bouche
Quand vient le sommeil, ferme tes yeux

Bai Juyi parle de sa vie, des liens qui l'unissent au souvenir de Clochette d'or, sa première fille, son attache dans son existence errante :

Clochette d'or a un an

À l'approche de mes quarante ans
Est née ma fille Clochette d'or
Voici un an qu'elle est dans ce monde
Elle apprend à s'asseoir et ne sait pas encore parler
J'ai honte de comprendre que je n'ai pas le cœur d'un sage
Je ne puis m'empêcher d'avoir des pensées vulgaires
Ma vie est désormais attachée à quelque chose en dehors de moi
Je me contente du plaisir que je prends avec elle maintenant
Si je ne connais pas la douleur de la voir mourir jeune
J'aurai aussi plein de soucis à trouver à la marier
Et mon projet de partir et de retourner dans les montagnes
Je devrai le remettre à plus tard, au moins dans quinze ans !

Mais la destinée de Clochette d'or s'accomplit autrement :

En me souvenant de Clochette d'or

Affaibli, malade, me voilà quarante ans passés !
Elle, jolie et sans ruse, une fille de trois ans
Elle n'est pas un garçon mais elle est mon enfant
Elle me consolait dans la vie quand je la caressais
Survint le jour où brusquement elle me quitta
Son âme s'est envolée sans laisser même une ombre
Quand je me souviens qu'avant cette mort subite
Elle apprenait à peine à parler, avec des sons flous d'enfant
Alors je sais que les liens de la chair et du sang
Nous attachent à un poids de douleur et de peine

La poésie de Bai Juyi, comme celle de Du Fu, parle du quotidien, des souffrances du petit peuple, elle souligne l'immense fracture qui sépare le commun des mortels des gouverneurs et des monarques. Elle renoue en quelque sorte avec l'idéal de Mengzi (Mencius), et porte le message de compassion et de sagesse du bouddhisme. La réalité n'est pas toujours tragique, même si elle est difficile. Bai Juyi trace le portrait d'une société à la fois injuste et drolatique, où les petits doivent savoir se débrouiller pour survivre, tel ce marchand de fleurs saisi sur le vif dans son activité au marché, dans la capitale Chang'an :

Dans la Cité impériale le printemps s'achève
Drelin drelin, les coches et les chevaux passent
Chacun va disant : c'est la saison des pivoines !
Et chacun se presse sur le chemin du Marché aux Fleurs
Les prix ne sont pas fixes, tantôt cher et tantôt bon marché
On les devine par la rareté de chaque variété
La centaine de belles fleurs rouges sont épatantes
Mais cinq bouquets de fleurs blanches sont au même prix

Pourtant les badauds ne font guère attention à un vieil homme, un paysan perdu dans la foule, qui regarde les bouquets :

Il y a un vieux fermier qui arrive de la campagne
Qui par hasard passe à travers le Marché aux Fleurs
Il baisse la tête et laisse échapper un soupir
Et de son soupir personne ne comprendra la raison
Il pense : « Un seul bouquet de ces fleurs aux couleurs foncées
Paierait les taxes de dix foyers aux revenus moyens ! »

Contre la guerre, Bai Juyi n'écrit pas à propos des généraux, ni des grands héros. Celui dont il parle, dans un de ses poèmes militants, c'est *Le Vieil Homme au bras cassé de Xinfeng* : pour échapper à la conscription au temps de la guerre de Tian Bao (742-756) contre les tribus Nanzhao – une guerre qui aura coûté plus de deux cent mille morts –, celui-ci prend une pierre et se casse le bras. Il échappe ainsi à la mort mais pas à la douleur de sa blessure, ni au remords de survivre aux dizaines de milliers de soldats tombés à terre.

Ainsi raconte le vieil homme, et je vous prie d'écouter ses paroles
N'avez-vous pas entendu que le bon Premier ministre de Kai Yuan, Song Kaifu
Ne récompensait pas les généraux aux frontières pour éviter des guerres
Tandis que le Premier ministre de Tian Bao, Yang Guozhong
Pour s'attirer la faveur impériale avait provoqué une guerre aux frontières ?
Il n'a pas eu de mérites militaires et n'a suscité que plaintes et rancœurs
Il suffit d'écouter le vieil homme au bras cassé de Xinfeng

C'est la force de la poésie de cette époque, de refuser d'illustrer les faiblesses et les cruautés des puissants. Où trouve-t-on l'exemple d'une telle audace à travers le monde, en cette ère de pouvoir féodal ? Dans quels conflits ose-t-on éprouver de la pitié pour les ennemis vaincus ?

Dans le magnifique poème *Le Prisonnier*, Bai Juyi nous conte l'histoire de ce Tartare enchaîné, qui fait partie du convoi de captifs conduits vers la capitale Chang'an :

Leurs corps sont couverts de blessures de flèches
Leurs visages laissent voir les os de leur crâne

Ils sont malades, ils s'appuient les uns contre les autres
Forcés à marcher à l'étape suivante dans une seule journée
Chaque matin ils mangent et boivent sans plateau ni coupe
Chaque nuit ils se couchent dans leurs haillons sales et malodorants
Ils arrivent au fleuve Yangtse qui leur rappelle les rivières du Turkestan
La tête baissée, à voix basse ils entonnent une chanson qui pleure

Quel autre poète a évoqué l'absurdité de toute guerre, quand parle un prisonnier, un homme de Qin autrefois enlevé par les Tartares, confondu avec les autres, et auquel personne ne prête garde ?

« Un cœur de Han, une langue de Han, sous l'apparence d'un Hun ! »

La longue série des guerres et des crimes de la dynastie Tang, et surtout la cruelle injustice des affaires publiques, le peuple accablé de taxes et de conscriptions tandis que la cour impériale vit une ère de plaisirs et d'intrigues de sérail, inspirent la révolte des poètes de la fin de ce règne, dont Bai Juyi est le héraut. Ainsi, cette fable critique dans laquelle il met en scène le peuple sous l'aspect d'un bœuf attelé à une lourde charrette, obligé de travailler nuit et jour à transporter le sable de la rivière Chan. L'assistant du chancelier de l'empereur, indifférent, regarde le spectacle, juché sur un cheval aux sabots luisants, vêtu de ses plus beaux atours.

Le bœuf tire à grand-peine le lourd chariot, il suerait du sang
Mais l'assistant du Chancelier a comme seul souci de gouverner
Son affaire c'est de bien mettre en harmonie le Yin et le Yang
Le cou du bœuf se casserait en deux qu'il resterait indifférent !

La grâce

Ce qui étonne, dans la poésie sous les Tang, c'est l'extraordinaire contradiction entre la rudesse du règne, la guerre, les violences, la cruauté des gouvernants, et d'autre part la délicatesse, la joliesse des vers, l'élégance et la grâce de l'inspiration. Les poètes eux-mêmes sont les exemples de cette contradiction. Li Bai, l'errant, l'aventurier, parcourt les routes de la Chine, son épée au côté. Il se livre à la beuverie, dédaigne les honneurs, insulte les courtisanes et leurs eunuques. Et pourtant, lorsqu'il prend sa cithare pour entonner un poème, il n'est plus le même homme. La grâce le prend, les mots tremblent dans sa bouche, prennent un sens nouveau. Il est emporté par un souffle puissant, qui lui fait voir un autre versant du monde, lui fait deviner le sens secret de l'existence. Son plus beau poème, *Route de Shu*, pourrait être le chant de ce siècle, son expression la plus puissante, sa vision :

Aïe, aïe, aïe !
Comme cette montagne est surplombante, comme c'est haut !
Que la route de Shu est dure, plus difficile que de monter au ciel bleu !
L'origine du royaume remonte à quand ? Impossible à savoir
Ce fut le Dieu des Vers à soie et puis le Roi des Pêcheurs
Admettons que c'est depuis plus de quarante-huit mille ans !
Et jamais de communication avec le pays de Qin au Nord
À l'Ouest, seule la voie des Oiseaux le relie à la Montagne Blanc Suprême
Au niveau exact de la cime du Mont Emei

Le ciel s'effondre, la terre se déchire, meurent les géants qui fraient des voies
Alors fut né un petit sentier qui relie avec une passerelle
Sur la route, les pics bloquent le chariot du soleil conduit par six dragons
Et en bas les torrents se bousculent, frémissent et rugissent
Même la grue jaune n'arrive pas à passer à l'autre côté
Même les gibbons ont peur à l'idée d'escalader
Les sentiers de montagne sont si tortueux, aux boues vertes
Tous les cent pas nous faisons neuf tournants contre le flanc de montagne
Le souffle coupé, je lève la tête : je touche du doigt Orion et les Gémeaux !
Puis j'appuie ma main contre ma poitrine et je soupire, tremblant de peur

Quand reviendras-tu de ce voyage vers l'Ouest, cher ami ?
Comment grimperas-tu ces sentiers dangereux et impossibles ?
Je n'entends que les cris tristes des oiseaux sur des arbres anciens
Ou je les vois voler en couple, mâle devant, femelle derrière, à travers les forêts
Et j'écoute les coucous pleurer à la lune, résonnant dans la montagne vide
Que la route de Shu est dure, plus difficile que de monter au ciel bleu

Dans un autre poème, Li Bai lance son cri de souffrance et d'espoir :

Dure est la route, dure est la route
Tant de détours et de bifurcations ! Où se trouve la route royale aujourd'hui ?
Un jour viendra dans le grand vent et les fortes vagues
Je hisserai ma voile de nuage et naviguerai librement sur la mer !

Lorsque la route cesse, Li Bai peut se sentir uni au monde, voir au-delà, deviner l'inconnu :

Conversation sur la montagne

Tu demandes pourquoi je vis sur cette Montagne verte
Je souris sans répondre, mon cœur bien en paix
Les pétales du pêcher suivent la rivière qui s'en va loin
Il existe des mondes au-delà de celui des êtres humains

Du Fu est l'homme de cette nature qui ne peut manquer aux hommes, et qui doit les consoler des avanies de l'histoire. Peut-on parler seulement de sagesse ? Ce serait bien réducteur, comme une recette éprouvée pour le bonheur, un dépit amoureux en quelque sorte. Le poème qu'il écrit, alors qu'il est réfugié à Chengdu en 760 – la guerre civile n'est pas encore terminée –, est un hymne d'amour à la nature, la pluie du printemps semblable aux mots de la poésie qui irriguent les hommes et fertilisent leur âme, dans une métaphore sublime où la couleur irisée des feuilles d'arbre et des fleurs de forsythia sont le triomphe de la vie.

Pluie bienfaisante par une nuit de printemps, sans doute le plus célèbre des poèmes de la dynastie Tang, celui que, génération après génération, les enfants réciteront dans les écoles :

La bonne pluie connaît la belle saison
C'est qu'au printemps tout va germer et pousser
Elle s'insinue dans la nuit en suivant la brise
Elle nourrit soigneusement sans faire de bruit
Sur les sentiers sauvages même les nuages sont noirs
Seule une lumière brille sur un bateau dans la rivière
Au matin, regardez les fleurs rouges imprégnées d'eau
Elles s'épanouissent partout, dans toute la Ville de Brocart

Lorsqu'il parle de la pluie, c'est cette pluie douce et bienfaisante qui abreuve la nature et redonne l'espoir aux paysans du Sichuan. Il est tout entier pénétré par la force de la nature, qui ne ment jamais, qui ne peut pas finir, même si la guerre ravage les campagnes et sème la crainte dans le cœur des paysans.

Le poète Zhang Ruoxu (660-720) se fait l'écho de l'éternité face à laquelle vivent les hommes et les femmes, pour qui la lune brille chaque nuit : c'est un paysage d'une beauté classique, une rivière tranquille qui coule sous la clarté lunaire, cela s'appelle simplement *Printemps, rivière, fleur, lune, nuit* :

Rivière et ciel d'une seule couleur
Sans une ombre de poussière

Brillante au milieu de l'éther
La roue de lune solitaire

Sur ce rivage, qui est le premier homme
À avoir aperçu la lune ?

Lune au-dessus de la rivière, en quelle année
Avez-vous éclairé les hommes pour la première fois ?

La destinée des hommes d'âge en âge
Ne connaît jamais de fin

Lune au-dessus de la rivière, année après année
Vous êtes toujours la même

Qui sait quelle âme attend
La lune au-dessus de la rivière ?

On ne voit que le long fleuve
Emporter sans cesse ses eaux

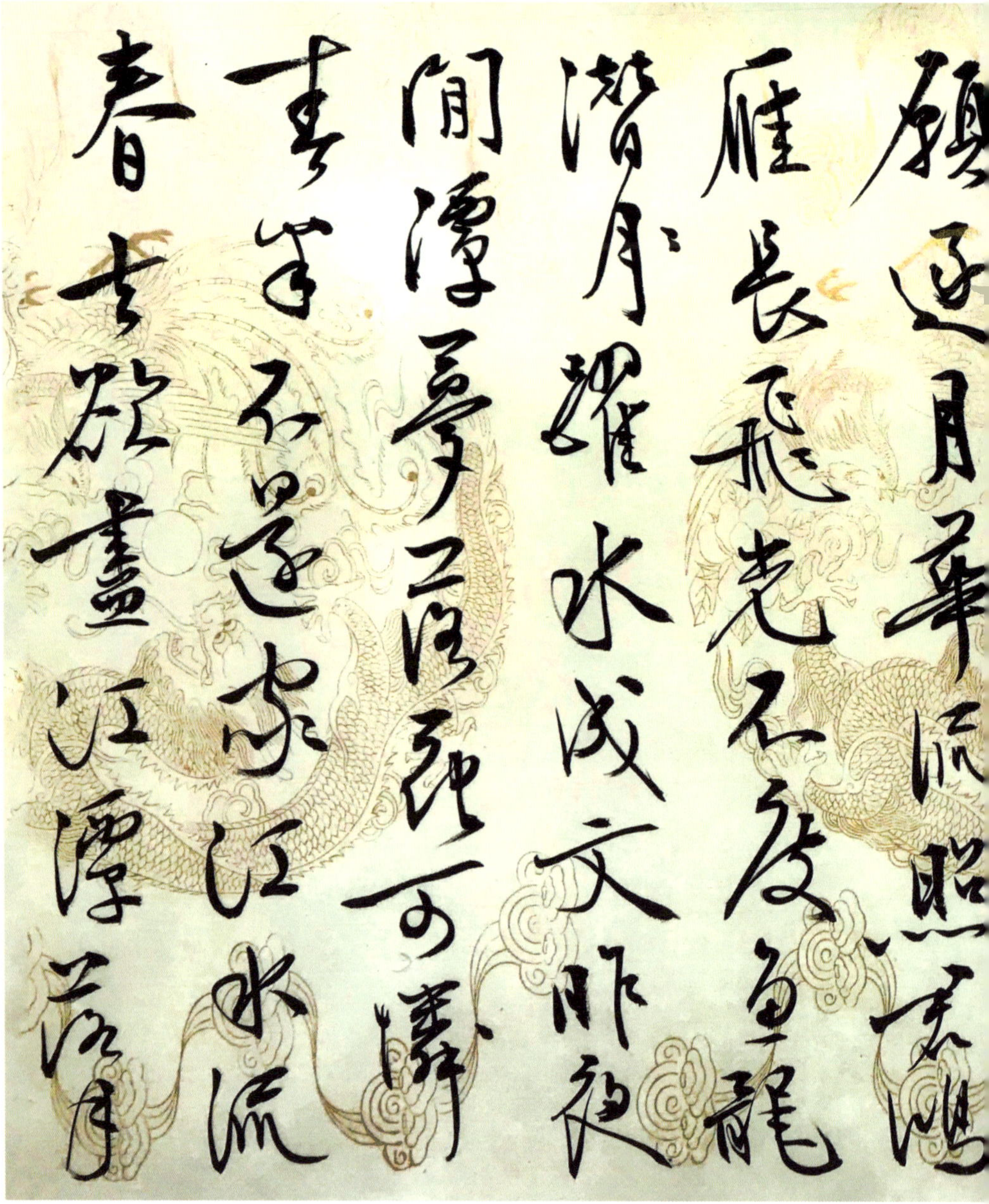

Zhang Ruoxu, *Printemps, rivière, fleur, lune, nuit* (détail)

夜扁舟子何處相思
明月樓可憐樓上
月徘徊應照離人妝
鏡臺玉戶簾中卷
不去擣衣砧上拂還
來此時相望不相聞

Li Shangyin

Li Shangyin (813-858) marque sans doute les derniers accords de la musique des Tang, où la beauté de la nature est un message secret pour susciter la mémoire des hommes. Les plantes, les rochers, les lacs et les rivières sont les mots de cette mélodie, où chaque élément a un sens dans l'histoire de la Chine.

En quelques vers il trace sa propre histoire, sous les traits d'une jeune fille qui découvre son sort :

À huit ans elle se regarde en cachette dans son miroir
Elle sait déjà peindre bien long l'arc de ses sourcils
À dix ans elle fait sa première excursion printanière
Et imagine de tailler des robes avec les feuilles de lotus
À douze ans elle apprend à jouer sur une cithare
Et depuis, elle ne quitte plus les plectres d'argent
À quatorze ans elle est privée de tout contact masculin
Elle devine alors que ce sera bientôt le mariage
À quinze ans elle a peur que le printemps ne s'en aille
Et pleure, dos contre la balançoire de l'enfance

Cette même cithare qui accompagne le poète et qui survit à la femme qui en joue, comme une mémoire trop longue. Le créateur de l'humanité Fu Xi (l'un des cinq premiers empereurs) brisa jadis la cithare à cinquante cordes de la Femme Pure parce que son chant était trop triste (par la suite, cet instrument n'eut plus que la moitié de ses cordes). Le papillon de Zhuangzi, qui lui inspira la célèbre question – est-ce le rêve du papillon d'être un homme, ou le rêve de Zhuangzi d'être un papillon ? –, volette comme un doute mobile sur la réalité de l'existence, unissant toutes les formes de la vie. L'empereur Wang (Wangdi), célébré pour sa bonté, expia l'adultère dans un remords qui se confond avec les cris plaintifs des coucous. L'Océan cache les larmes des sirènes sous la forme de perles, et la Montagne bleue laisse fumer ses mines de jade au soleil levant. L'amour impossible de Jade Pourpre pour Han Zhong, interdit par l'empereur, la condamna à mourir, et son âme reparaît dans la fumée des montagnes.

C'est l'art de cette poésie difficile que de mêler les fils de la légende à la trame du réel, puisque tout se confond, vérité et mensonge, ce qu'on voit et ce qu'on imagine.

Sans explications, la somptueuse cithare porte cinquante cordes
Cordes et clés, une par une, rappellent nos plus belles années
Le rêve matinal de Zhuangzi, perdu dans son doute avec le papillon
Le cœur bienveillant de Wangdi, voué aux cris plaintifs des coucous
Dans l'océan gris, la lune éclaire les perles formées par des larmes
Sur la Montagne Bleue, le soleil chauffe les jades qui se mettent à fumer
Ai-je attendu que cela devienne souvenir pour en pleurer de regret ?
Il semble bien qu'à ces moments-là tout était déjà sujet à tragédies

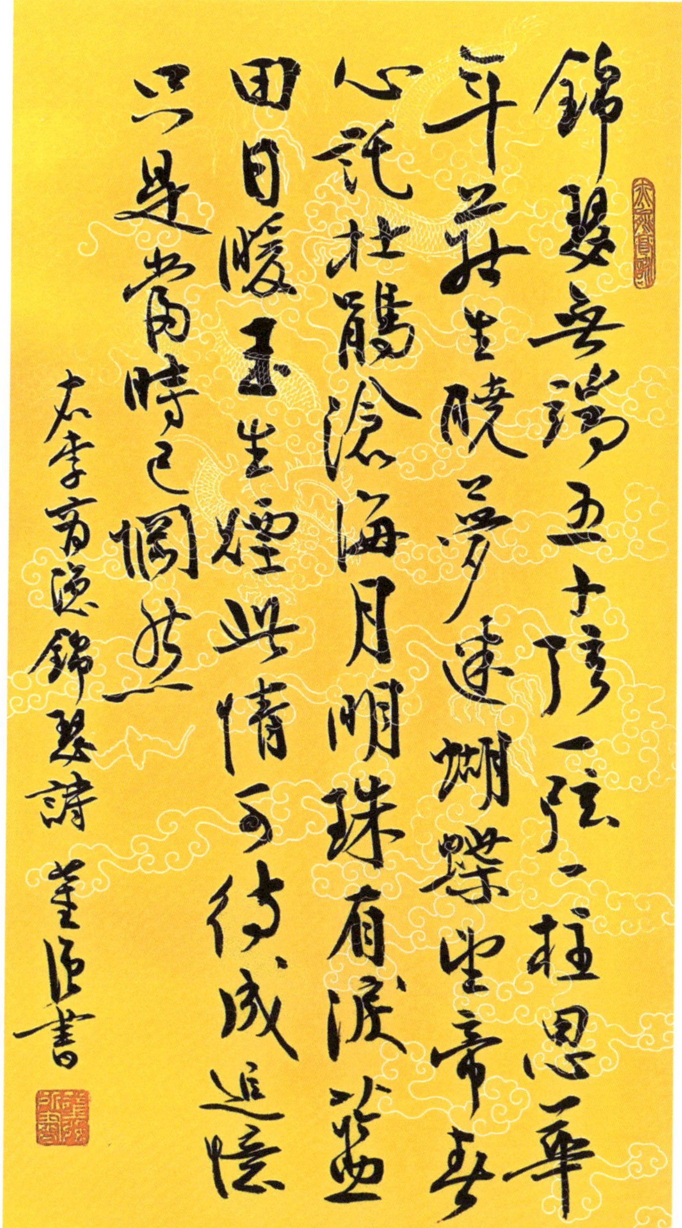

Li Shangyin, *La Cithare somptueuse*

La nature

Les poètes Tang ont cultivé jusqu'à l'excès l'amour de la nature. Les critiques ont souligné avec raison que cette poésie a institué l'usage des métaphores pour exprimer les sentiments et les passions. Le printemps, les nuages, les montagnes, les forêts, les rivières, la lune et les étoiles ne sont là que pour cacher les mouvements du cœur, les obsessions, les fièvres et les désespoirs. Cela aurait pu servir un maniérisme – et certains poètes de ce temps n'y ont pas échappé. Pourtant, cette convention a permis les plus grands chefs-d'œuvre. Comme si la rigueur de la versification et le contrôle des émotions avaient créé une élégance telle qu'elle n'a jamais existé auparavant – telle qu'elle n'existera plus ensuite. À d'autres époques, sous d'autres latitudes, la nature a servi aussi aux poètes. Les romantiques anglais et allemands, français dans une moindre mesure, ont usé des images des météores et des saisons, des beautés des montagnes, de la vastitude des océans pour dire leur âme troublée, leur angoisse, ou leur fureur créatrice.

La poésie aztèque du Mexique préhispanique a associé la force de la vie naturelle à la fragilité des sentiments humains. Ainsi ces vers, gravés dans la pierre, au musée d'Anthropologie de Mexico :

J'entends un chant
Je vois une fleur
Ah qu'ils ne se fanent jamais !

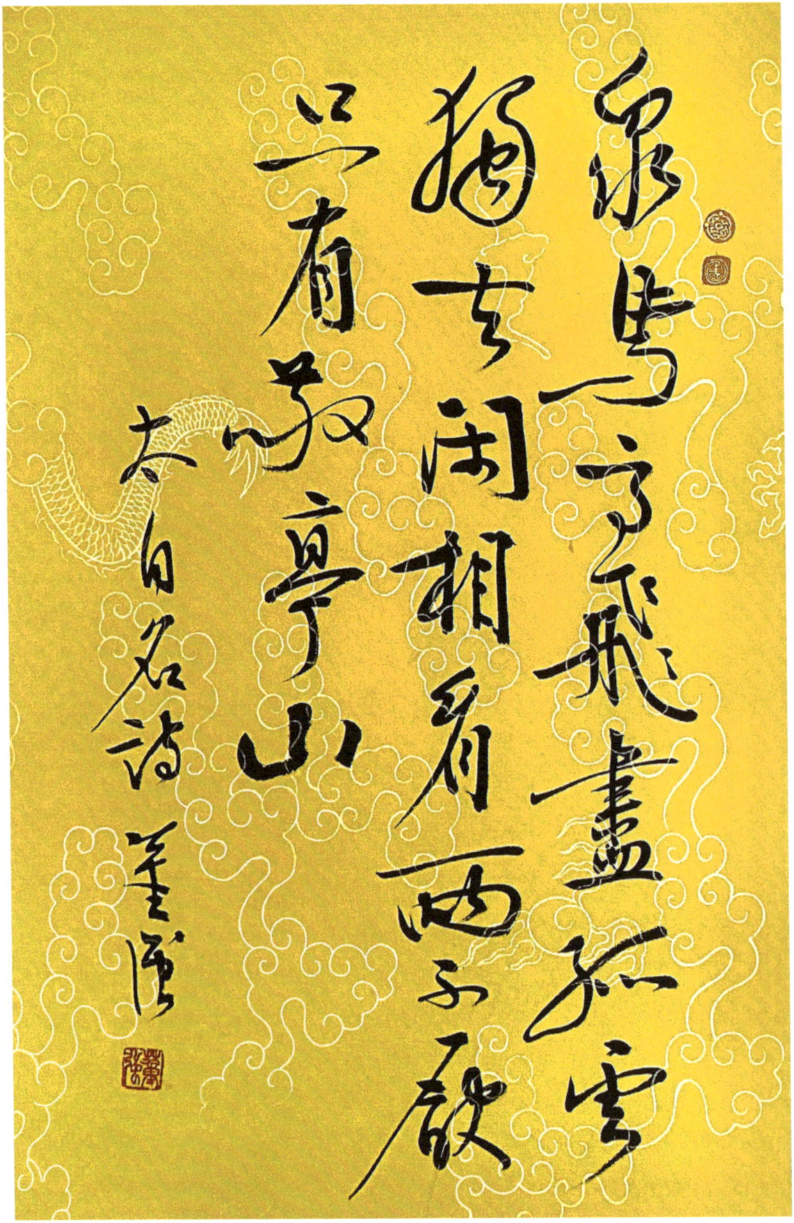

Li Bai, *Assis devant le Mont Jingting*

Chez les poètes Tang, la nature est à la fois plus proche et plus réelle. Les poètes ne s'en servent pas, mais ils sont agis par elle. On pourrait dire même que c'est le monde, avec ses beautés et ses mystères, qui crée les sentiments des hommes.

La fascination des hommes pour le monde vivant autour d'eux, ce monde naturel, mystérieux, qui parfois semble le reflet du monde surnaturel des immortels, comme une énigme sans fin… Les poètes sont sur le seuil, ils cherchent à le comprendre, non pour en jouir, mais pour atteindre à l'évidence, à la révélation – au silence.

Écoutons encore Li Bai :

Assis devant le Mont Jingting

Les oiseaux s'effacent en s'envolant vers le haut
Un nuage solitaire s'éloigne dans une grande nonchalance
Seuls, nous restons face à face, le Mont Jingting et moi
Sans nous lasser jamais l'un de l'autre

Ce quatrain, l'un des plus mystérieux de la poésie Tang, est la clef de la littérature chinoise de cette époque. Il dit la connaissance, le non-savoir, l'immobilité, une extase ordinaire. Regarder la montagne jusqu'à s'y fondre, perdre la limite de l'identité humaine – plus tard, après la révélation d'Emerson et de Thoreau, un poète américain écrira la même chose, l'environnementaliste Aldo Leopold, dans son *Journal d'un Comté des Sables* : « Penser comme une montagne ».

N'est-ce pas ce qu'il faut faire, un jour, une fois au cours de sa vie
S'asseoir sur un rocher, devant une montagne, n'importe quelle montagne
Une grande et haute montagne neigeuse
ou un mont arrondi émergeant des immeubles d'une ville
sous la voûte du ciel et des nuages
et rester immobile à regarder
sentir, éprouver, respirer, être un regard qui va
et qui revient
être un avec elle, l'aimer…

Ne plus être seulement dans son corps
mais se séparer de soi pour s'unir à la montagne
immobile, révérée, révélée
regarder
aimer…

Li Bai est sans doute le poète qui a le mieux exprimé le lien qui unit l'homme et la nature. Il y a en lui un souffle, une force instinctive, quelque chose comme la transe que ressentent les fidèles du taoïsme. Cela ne s'explique pas, ne s'analyse pas. Ce ne sont pas des métaphores, des allégories, des réminiscences de mythes. Cela parle en lui, à certains instants, sous l'influence de l'ivresse, un appel, un cri. Le carcan sévère de la métrique classique – les rimes internes, la scansion, le fameux *ping ze* – pour lui est un soutien de l'inspiration, de même que le choix des mots, leur place dans le vers, cette sorte de raccourci de la pensée que permet la syntaxe chinoise: pas de personnalisation, pas de temps, pas de causalité. Dans certains de ses poèmes, il est très proche de l'héritage chamanique sur lequel s'est

棘路何
時翦投
林興未
慳孤雲
封石戶嚶
鳥導松
關辟掖
斜陽立
巖招通
客還莫
将塵市
意容易
答空山
己酉秋日
寫於講
穀書舍
東園生

fondée la philosophie taoïste. Les esprits qui peuplent la terre et le ciel parfois se mêlent aux actions des hommes et parlent par leur bouche.

Passer la nuit au temple du sommet

Ce pavillon est d'aplomb, il s'élève à plus de cent chis
D'ici je peux toucher les étoiles avec ma main
Mais chut ! Ne pas troubler le silence en parlant fort
De peur de déranger les habitants du ciel

Qui, mieux que Li Bai, a dit le sentiment d'être double, d'appartenir à deux mondes, celui-ci, celui qu'il a quitté, le présent, le passé, comme une illumination indiscutable ?

Pensée par une nuit paisible

Devant ma couche une mare de lumière
Serait-ce le givre sur le sol ?
Je lève les yeux, la lune brille dans le ciel
Je baisse la tête, ma maison me manque !

Même lorsqu'il part à l'aventure sur les routes solitaires, sous la seule protection de son épée, Li Bai sait qu'il affronte des dangers plus terribles que les embuscades des bandits ou les flèches des barbares.

Dans son long poème *Route de Shu*, il s'écrie :

Ah, ces lieux sont si terrifiants
Qu'es-tu venu faire ici, voyageur du lointain ?
Le Pavillon des Épées est si haut, à pic
Un seul être le garderait
Et plus personne ne pourra passer
Si les gardiens n'étaient des proches fiables
Ils trahiraient, en se changeant en loups et en léopards
Les tigres mangeurs d'hommes sortent à l'aube
Et au crépuscule les serpents suceurs de sang

Wang Wei

Puisque l'on parle de la nature, comment ne pas évoquer ici Wang Wei, même si celui-ci, de par sa date de naissance, est l'aîné des poètes précédents ?

Wang Wei, né en 699 dans le Shanxi, est un des poètes majeurs des Tang. Issu d'une famille noble, d'un père grand amateur de musique, il fut très tôt attiré par les arts, et montra son goût pour l'art littéraire et pour la peinture. Il fut lui aussi, à son corps défendant, impliqué dans la guerre contre le rebelle An Lushan. Lorsque l'empereur Xuanzong fuit Chang'an, Wang Wei est fait prisonnier. Pour résister à la pression des rebelles, qui souhaitaient son enrôlement dans leurs forces, il absorba une drogue et feignit d'être muet. An Lushan le força cependant à accepter un poste dans l'armée, ce qui le rendit condamnable à la fin de la guerre. C'est grâce à un de ses poèmes, écrit alors qu'il était au service des rebelles et dont le contenu est en faveur de l'empereur – et avec l'aide de son frère –, qu'il fut amnistié et put retrouver une fonction dans l'empire. Mais c'est sa fidélité au message du bouddhisme qui a imprégné toute son œuvre. Ses plus beaux poèmes sont des quatrains hors du temps, des instants éternels de beauté et d'harmonie avec le monde.

Les cailloux blancs sont visibles dans les torrents de Jing
Les feuilles rouges se raréfient avec le froid qui s'installe
Pas de pluie, à vrai dire, sur le chemin de la montagne
La verdure passe à travers l'air et mouille les vêtements

Wang Wei, *Dans la montagne*

Ou encore :

Ciel toujours sombre, après fine pluie, dans mon pavillon
C'est le jour, pourtant trop alangui pour sortir de la cour
Alors je m'assois et regarde la mousse foncée bien mouillée
Elle est prête à monter en moi et teindre en vert mes habits

Étranges notes, comme les lumières brèves de la philosophie Chan.

Nuages pluie
Monde immense loin de tout refuge
Immobile regardant
Jusqu'à ce que la couleur ne fasse plus qu'un avec tes habits

D'autres méditeraient sans doute
Mais vu de la cité seuls les nuages

La route qui va vers les collines

Les cailloux blancs
Le froid du ciel les feuilles rouges

Pas de pluie sur la route céleste
Les vêtements trempés dans le vert

L'absolu du ciel l'âme transpercée unie
Les couleurs les formes
Les lettres que trace le pinceau sur le papier

L'aventure humaine
Changer être un autre cesser la division

Ici là-bas le ciel la terre
Le vert jusqu'à tremper le corps et l'âme
Le vert baignant les habits
Comme l'air les pluies

Dans la solitude de la nature, la voix murmurante du poète, les sons du luth, et la lune comme unique témoin :

Seul assis parmi des bambous
Je joue à la cithare en chantant
Aucune personne au fond du bois
Seule la lune brillante vient m'éclairer

À cette scène répond le poème de Li Bai :

Je suis ivre de vin
Je ne remarque pas la nuit qui vient
Ces fleurs qui tombent
Ont couvert mes habits
Dans l'ivresse, je marche sous la lune
Le long du ruisseau
Je ne vois plus un oiseau
Je n'entends pas un mot

Et le constat désabusé de Du Fu à la fin de son existence :

Le Débarcadère la nuit

Les herbes fines de la rive, le vent léger
Une barque solitaire, au mât vacillant qui troue la nuit
La plaine sans fin est frangée d'étoiles qui pleuvent
La lune surgit du courant de la rivière sans répit
La gloire viendra-t-elle pour l'homme de lettres
Vieux, malade, reclus, sans charge officielle ?
À quoi ressemblé-je, à la dérive, sans but ?
À une mouette sauvage, entre le ciel et la terre

La légèreté, l'élégance.
La leçon du bouddhisme, où l'enseignement parfait n'enseigne pas.

無邊落木蕭蕭下
不盡長江滾滾來

L'Art, la Beauté, la Vie

L'inspiration est à la source de l'art poétique de la dynastie Tang. Les poètes le savent, et ils savent aussi que cela ne se commande pas, ne se négocie pas, mais au contraire mérite la plus haute vigilance. Être poète, en ce siècle de violence et de trahison, c'est être fidèle. Non pas à un gouvernement, ni à une croyance religieuse, mais fidèle à soi-même. C'est pourquoi la poésie fut à ce point respectée, puisqu'elle établissait les canons du langage, au-dessus des simples lois de la société, au-dessus même du pouvoir royal.

La part du confucianisme est évidente dans ce respect : la doctrine même de Confucius ne disait-elle pas que pour corriger les erreurs de la politique, il était nécessaire de corriger d'abord les erreurs du langage ?

Il y a quelque chose de fascinant dans le pouvoir de la métrique et dans la poursuite du vers parfait dans la poésie Tang. La poésie classique grecque (Homère, Hésiode) ou latine (Ovide, Horace) était, elle aussi, structurée par une scansion et avait établi les règles de la diction, les « neumes » du souffle, alternant les syllabes longues et les brèves. Mais elle n'a jamais atteint l'obsession de la forme parfaite telle que l'ont exprimée les poètes Tang. Cela est évident dans les poèmes courts de Wang Wei, de Li Bai, de Du Fu, de Li Shangyin. Chaque poème (quatrain, huitain) est offert au lecteur-auditeur comme un problème dont la solution doit être recherchée. Le sens, ici, n'a pas de sens, puisqu'il peut être inversé, morcelé, réajusté.

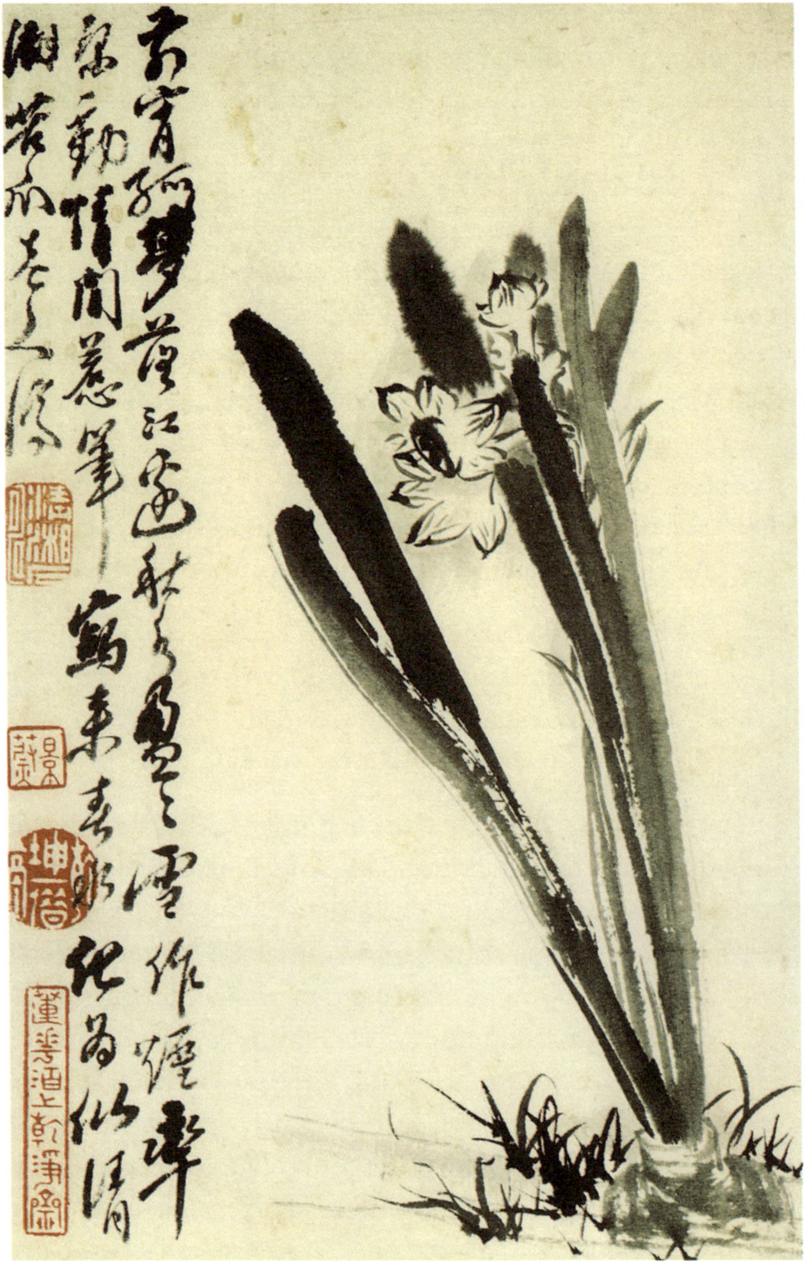

L'écriture chinoise est la seule à permettre cette liberté. Chaque signe peut s'associer à l'autre, dans une progression linéaire – ou bien se suffire à lui-même, dans une juxtaposition statique.

Parlons de beauté.

Dans les poèmes Tang, la lecture (ou la réception) est instantanée, à la manière des lignes et des couleurs d'un tableau. Un tableau ne raconte pas une histoire (ou raconte une histoire autre que celle qu'on attendrait). Un tableau est l'entrée dans un nouveau monde, où la personne qui est invitée devra perdre tous ses repères. Il en est de même pour la plupart des poèmes Tang. En les abordant, on est sur le seuil, au moment du passage. De l'autre côté attendent les émotions, les courants, les métamorphoses. Lorsque Li Bai nous invite à le suivre sur la route de Shu, lorsque Zhang Ruoxu nous approche du spectacle du grand fleuve sous la lueur de la pleine lune, ou lorsque Du Fu énonce la perfection de la pluie bienfaisante sur la ville de Chengdu, nous devons comprendre que nous sommes conviés à une cérémonie magique. Nous quittons le petit monde, les petites affaires courantes pour ce voyage initiatique (je dis cela sans du tout insinuer qu'il s'agit d'un rite – ou, si c'est un rite, c'est un geste secret qui demande notre amour et notre don). De la même façon, les portraits de femmes, à la fois cruels et émouvants, ne sont pas des portraits de personnes. Ils s'apparentent à des créations mythiques et, pour la plupart, sont liés aux grandes fables et aux personnages fabuleux. Lorsque Bai Juyi évoque la douleur d'une femme murée vivante dans un palais délaissé, à cause de la jalousie de Yang Guifei, lorsqu'il décrit la fin tragique de la même Yang Guifei, sacrifiée sous la pression de la propre armée de l'empereur, il ne compose pas un roman, ni une pièce de théâtre. Il construit, par touches et repentirs, la légende qui restera dans la mémoire.

Parlons du temps.

Nous nous sommes, en notre siècle d'uniformité culturelle, accoutumés hélas à l'affreuse notion hollywoodienne du *plot* – l'intrigue. Nous attendons de l'art non qu'il nous enseigne à être meilleurs, ni qu'il nous interroge, mais qu'il nous tienne en haleine à la manière d'un « polar ». Nous espérons en réalité qu'il nous divertisse, qu'il nous fasse passer un bon moment. La poésie Tang recèle elle aussi une intrigue, mais ce n'est pas celle du sens. C'est la manière avec laquelle le poète, par les mots, par les sons, par les images, construit un mystère et nous invite à le résoudre. C'est certainement une des raisons pour lesquelles la compréhension de la poésie a été, sous la dynastie Tang, un des moyens de sélectionner les meilleurs administrateurs. Cela n'avait rien à voir avec la fable drolatique de Voltaire, dans *Zadig*, où le monarque était invité à choisir son trésorier parmi les meilleurs danseurs. Ni sans doute avec l'esprit de concours de nos grandes écoles, où l'examen final consiste à demander au postulant d'improviser un discours sur un sujet choisi au hasard (par exemple le Tour de France cycliste). Être capable de comprendre et de commenter un poème du *Shi Jing*, « Le Livre des poèmes », composé dans une langue archaïque à l'époque de Confucius, signifiait faire preuve d'intuition autant que de culture littéraire. Cela n'existe plus guère – le dernier à avoir approché ce statut a sans doute été, pour la langue française, le poète et chef d'État Léopold Sédar Senghor.

La vie.

La matière de cette poésie ambitieuse et inventive, sous la dynastie Tang, c'est la réalité. Lorsque les poètes utilisent, pour créer leur tableau, les éléments naturels, ils n'utilisent pas des « images », ni des « symboles » – encore moins des « clichés ». Ils composent une

雲來山失色
雲去山依然
野老忘得喪
悠、拄杖前
沈周

musique, un chant, un mystère qui révèlent l'évidence du monde. La réalité pour eux n'a pas goût de vengeance, elle ne cache aucune vérité. La nature (ce qu'on entend par ce mot quelque peu dévoyé à notre époque de parcs d'attractions et de réserves sauvages) est plus intelligente, plus imaginative, plus puissante que ce que nous croyons. Les poètes Tang n'ont pas inventé les métaphores de la nature, ils en ont hérité de la longue lignée du Tao, du bouddhisme et du chamanisme. Pour eux, la vie est un ensemble cohérent, dont il faut essayer de décrire l'harmonie – ou la cacophonie lorsque la guerre détruit cet équilibre. La vie n'est pas dominée par le règne humain. L'homme doit échanger avec les autres règnes, les animaux, les plantes, l'eau, la terre, les pierres, les nuages, la brume, les astres.

Cette entente du monde et de l'être humain, la poésie du monde l'a recherchée, et parfois rencontrée, William Blake par exemple dans l'énigmatique *The Tyger* :

Tyger Tyger, burning bright,
In the forests of the night ;
What immortal hand or eye,
Could frame thy fearful symmetry ?

Edgar Poe, dans ses ballades :

It was many and many a year ago,
In a kingdom by the sea,
That a maiden there lived whom you may know
By the name of Annabel Lee ;

Baudelaire dans certains de ses poèmes en prose, comme *L'Étranger*, ou encore, à la fois plus près de nous et plus près de l'esprit de la Chine des Tang, Henri Michaux :

Lou
Lou, dans le rétroviseur d'un bref instant
Lou, ne me vois-tu pas ?
Lou, le destin d'être ensemble à jamais
dans quoi tu avais tellement foi
Eh bien ?

Qui l'a mieux dit que le poète Du Fu, dans ces vers de *Solitude* ?

L'homme et la nature sont une seule chose
Dans ma solitude attristée, je ne puis parler

La fin de la route

C'est le poète Li Shangyin, le seul à avoir été assez fin et assez audacieux pour raconter la douleur du prince de Shou, privé de la Favorite Yang par son père – coupable de fait d'un acte d'inceste –, qui l'annonce dans un quatrain à la beauté obsédante, par lequel il s'identifie à la fin de son monde :

La Fin du ciel

En plein milieu du printemps, la fin du ciel
À la fin du ciel, les rayons du soleil déclinent
Loriots qui chantent et pleurent, versez vos larmes
Pour abreuver les dernières fleurs qui restent !

Avec la destruction lente de l'empire, la chute de la dynastie Tang c'est beaucoup plus qu'une époque qui disparaît, c'est tout un art de vivre, une élégance, une intransigeante vérité qui disparaît dans le chaos de l'Histoire. D'autres poètes viendront, dont le très grand Su Shi (1037-1101) qui reprendra le flambeau de la poésie rimée, structurée et savante. Mais quelque chose fera défaut, quelque chose qui ne pouvait revenir puisque cela avait été de l'ordre du miracle.

Le miracle – comme ce fut pour la philosophie grecque au siècle de Périclès, ou pour le drame élisabéthain en Angleterre – c'était la coïncidence et l'interaction d'un pouvoir civil et d'un langage. La faiblesse des empereurs Tang était apparente. La réalité était autre. Ces empereurs, qui se succèdent à une cadence de plus en plus rapide – seul Xuanzong règne assez longtemps, pendant plus de quarante ans (712-756) –, sont le symbole d'un pouvoir extrêmement fort, fondé sur l'intelligence et la souplesse des administrateurs civils. Sous les Tang, comme sous les Qin puis les Han, le pouvoir suprême est aussi éloigné du peuple que si un espace intersidéral les séparait. Mais cette société fortement hiérarchisée repose sur une conviction, qui deviendra le nerf de tous les pouvoirs en Chine : si l'empereur faillit à son devoir – et ils faillissent tous –, il suffit de le remplacer. Une telle conception explique la longévité du pouvoir en Chine depuis le commencement. Dans cette civilisation extrêmement policée, souvent brutale et autoritaire, la révolution n'existe pas. La langue chinoise, pour traduire le mot révolution, utilise les deux idéogrammes *ge ming* dont le sens est simplement : changer le règne.

L'autre force de la société des Tang, c'est précisément ce qui la rendra célèbre. Les dirigeants, les ministres, les eunuques et les impératrices douairières, au fond, sont les accidents de l'histoire. La constante, c'est le culte passionné que les Chinois ont observé, depuis le commencement de leur civilisation – avant Zhuangzi, avant Confucius ou Laozi –, pour la littérature. Et comme une rétroaction naturelle, il y a l'amour, la compassion, la passion que les poètes ont éprouvés pour le peuple qui les porte. Et bien entendu, l'amour que le peuple chinois a porté sans partage à ces inventeurs de mots, qui ont su dire leurs difficultés, leurs espoirs, leurs vies.

Mais il ne faudrait pas idéaliser cette dynastie. Durant son règne, elle n'aura vécu que pour la guerre. Il est difficile d'imaginer ce que cela représente en cette période lointaine : les armées qui s'opposent – notamment au moment de la rébellion d'An Lushan – ont des contingents immenses, qui comprennent des centaines de milliers de soldats. Les troupes de César, lorsqu'elles font la conquête des Gaules, sont des bataillons en comparaison. Les révoltes des peuples de l'Ouest mobilisent, le long des frontières de l'empire, des masses considérables. Ces armées sont équipées, nourries, organisées par les intendants au service de l'empereur. Ce sera la tâche assignée à certains des poètes Tang, tels que Du Fu ou Li Shangyin. Pour maintenir une telle force militaire, il faut recourir au pillage, et pour remplacer les pertes humaines, il faut les engagements forcés des paysans. Cela signifie aussi un état permanent de famine, parfois jusqu'à l'hécatombe dans la population civile, avec pour conséquence l'insécurité, la présence de rôdeurs dans les campagnes, de bandits dans les montagnes.

C'est sans doute ce contraste qui est le plus saisissant. Au moment même où les poètes de la dynastie Tang créent des quatrains raffinés pour célébrer l'amour, l'amitié ou la dévotion à l'empereur, leur survie n'est pas assurée, ni celle de leur famille. Ils sont exilés, maudits, ils risquent leur tête. Ils sont sans cesse en mouvement. Certains, comme Li Bai ou Du Mu, puisent leur inspiration dans l'itinérance, dans la poursuite des jouissances ou dans l'ivresse. D'autres comme Du Fu ou Wang Wei, subissent le mauvais sort, déplorent leur bannissement. Mais dans cette itinérance, tous inventent une liberté qui n'avait jamais existé auparavant, et qui n'existera plus pendant les siècles qui vont suivre. Cette liberté, c'est la dimension de la Chine sous la dynastie des Tang, un empire si étendu de l'est à l'ouest qu'il se confond avec l'univers.

L'inspiration des écrivains Tang, c'est la curiosité qu'ils éprouvent. Il est certain que chez Li Bai, Du Fu ou Bai Juyi, entre autres, existe la conscience d'appartenir à l'un des plus grands empires de tous les temps. D'autres règnes ont couvert avant eux des étendues de la planète, comme celui d'Alexandre qui s'est exercé sur un quart du monde connu, de la Grèce jusqu'à l'Inde et à la Chine. Les invasions barbares, sous le nom de Huns, ont permis à Attila de régner sur un immense empire (en kilomètres carrés, le plus grand empire qui ait jamais existé). Mais ces empires si étendus n'ont pas laissé de traces écrites – juste des chroniques hagiographiques à la gloire de leurs leaders.

Le règne des empereurs Tang, au contraire, est avant tout un règne littéraire. Si Li Bai, Du Fu, Du Mu ou Bai Juyi se lancent à l'aventure, c'est parce qu'ils sont attirés par l'appétit de gloire, mais aussi par leur impatience de repousser les limites de la connaissance. Ils ne sont pas des découvreurs, ni des voyageurs au sens que l'on donnera à ce mot en Europe au XIXe siècle. Ce qui les attire, c'est la reconnaissance de tout ce qui existe dans leur monde, comme s'il n'y avait pas de frontières, et que la réalité soit illimitée dans ses possibles. Lorsque Li Bai écrit sur l'« autre monde » vers lequel descendent les pétales de pêcher entraînés par le ruisseau de montagne, c'est vraiment d'un autre monde qu'il parle, où rien ne doit être semblable, comme dans la résidence des immortels. S'il lève les yeux vers la lune, et se rassure de la voir à sa place dans le ciel, c'est parce qu'il se sent, grâce à cet astre, au centre de l'univers partout où il se trouve. Et lorsque, dans un quatrain célèbre, il dit ne pas oser toucher les étoiles de peur de réveiller les habitants du ciel, c'est littéralement parce qu'il ressent la familiarité avec les êtres qui peuplent l'infini. N'est-il pas, comme l'a écrit He Zhizhang, un immortel en exil ?

L'autre infini qui inspire cette poésie, dont nous avons lu des extraits éloquents, c'est l'infini de l'art. Chez les poètes Tang, il y a la croyance enracinée – sans doute liée à l'héritage prophétique des écrits du Tao – que par instants, grâce à l'inspiration, ou sous l'effet de l'alcool, ou encore à certains moments de solitude au milieu de la nature, l'humain peut devenir surhumain, et communiquer avec l'esprit qui plane et imprègne toutes choses.

N'appelons pas cela du mysticisme : ce serait tenter d'être mystifié.

C'est sans doute le message le plus profond de la poésie Tang, de nous inviter à partager le mystère de la création. Cette ère de guerres, de meurtres et de prédation, grâce aux écrivains devient le temps de l'absolu, quand l'art est la seule ouverture sur la perfection. Les poètes Tang sont aussi des calligraphes, des créateurs de formes. Parfois à travers eux passe le souffle de la philosophie, la révélation du secret de l'être, l'extase de la réalité. Lorsque la route des Tang s'achève, la pensée de la Chine est parvenue à rejoindre l'illumination du Tao, où le savoir s'acquiert sans enseignement, où la vérité se révèle d'elle-même, sans preuve, sans travail. Li Bai, Du Fu, Wang Wei, Li Shangyin ou Zhang Ruoxu préparent le règne qui va suivre, celui de la dynastie Song, après l'effondrement du pouvoir des Tang et le désastre de l'insurrection.

Le poète et peintre Su Shi, connu sous le nom de Su Dong Po, né en 1037, l'« ami qui venait de l'an mil » comme l'a surnommé Claude Roy, reprend le flambeau de la création et poursuit la quête de la vérité grâce au bouddhisme de l'éveil, le *Chan*.

Pour dire l'inquiétude qui obsède sa pensée, comme la mémoire trop longue, la résurgence d'un passé de violence, et l'attente de l'avenir, il nous montre la silhouette de l'oiseau perdu, prenant pied sur une rive incertaine :

Écrit à Huangzhou, au calme

Lune décroissante suspendue au-dessus des platanes maigres
La clepsydre s'arrête, tout le monde dort
Qui prête attention au proscrit qui marche seul dans la nuit
Pareil à l'ombre vague d'une grue orpheline ?
La grue se lève par sursaut et jette un coup d'œil en arrière
Regard plein de regrets que personne ne comprendra
Elle aura essayé toutes les branches fraîches sans se poser
Et finit par s'arrêter seule, sur l'îlot désert et froid

La recherche de la perfection de la forme, telle que l'avaient pratiquée les poètes de la dynastie Tang, est désormais révolue. Le formalisme excessif de la génération passée laisse la place à une parole plus simple, plus directe, plus proche de la prose et du conte. La littérature sous les Song est l'héritière directe de l'humanisme inventé par les poètes Tang, de leur joyeuse illumination et de leur indépendance d'esprit.

Dans l'un de ses plus célèbres poèmes, *Dure est la route*, Li Bai, avec la lucidité nonchalante qui le caractérise, avait jeté au vent son mot final :

La route est vaste comme le ciel bleu
Moi seul je ne connais pas la sortie

Étangs-miroirs

par Dong Qiang

J'aime emmener, quand le soleil est au rendez-vous, des amis français découvrir des lieux secrets de Pékin, que je juge essentiels pour comprendre la Chine. Parmi ces lieux, il en est un qui m'est particulièrement cher. Il s'agit d'un petit jardin au fin fond du parc Beihai, ancienne résidence impériale des Manchous. Son nom est des plus poétique : Jardin aux Miroirs Clairs.

Jardin aux miroirs, dans une résidence impériale : cela ne manque pas d'évoquer immédiatement un des lieux les plus célèbres de la France, la galerie des Glaces du château de Versailles.

Comparaison n'est pas raison, aimait dire le grand sinologue René Étiemble. Pourtant, une simple comparaison du Jardin aux Miroirs Clairs et de la galerie des Glaces fait ressortir une des différences essentielles de ces deux cultures qui s'attirent et s'apprécient. Pendant que la galerie des Glaces est un lieu de grand apparat construit par un souverain qui se comparait au soleil, et que dans les glaces se reflétaient des hommes éblouis plus ou moins narcissiques, le Jardin aux Miroirs Clairs reflète le ciel et les nuages flottants. Car les miroirs en question ne sont rien d'autre que des petits étangs aux eaux claires, autour desquels sont disposés des pavillons, des petits ponts et des kiosques. Avec des étangs-miroirs, les Chinois réussissent à se tailler un bout du ciel au sol même d'un jardin.

Aux rives du flot de poésie esquissé magistralement par J.M.G. Le Clézio, je voudrais parsemer quelques tout petits étangs, qui serviraient aussi de miroirs.

L'étang

L'an 422, Xie Lingyun, un des membres illustres de la famille Xie – la dépouille de Li Bai sera recueillie dans leur cimetière familial –, est muté au petit district de Yongjia, afin d'y occuper la fonction de l'administrateur. Pour ce descendant direct du grand Premier Ministre Xie'an, lui-même anobli au titre de duc à l'âge de dix-huit ans, c'est un véritable exil qu'il vit très mal. Il tombe malade dès son arrivée et reste alité pendant presque une année. Un jour de l'an 423 donc, au début du printemps, à peine convalescent, Xie Lingyun fait une première sortie et monte sur les escaliers d'un pavillon. De là, il regarde au loin le paysage de Yongjia qui s'étend devant lui. Tout près de lui, dans le jardin où il se trouve, un étang entouré de saules pleureurs. Deux vers glissent de sa bouche :

Près de l'étang poussent des herbes printanières
Des oiseaux nouveaux occupent les saules du jardin

Ces deux vers lui sont venus comme cela, pour ainsi dire sans aucun effort, aussi « naturellement » que l'eau qui coule, que le printemps qui s'éveille, que les oiseaux qui reviennent, que les herbes qui poussent.

Ces deux vers vont stimuler toute la Chine ancienne. Des générations et des générations de poètes, qui vont constituer un flot poétique infini, rêvent de pouvoir écrire comme lui, aussi facilement, aussi naturellement, c'est-à-dire aussi « génialement » que lui. Même

近人汪士慎

s'il n'est pas à l'origine du flot poétique chinois, on peut dire sans exagération que cet étang que voit Xie Lingyun et qui apparaît dans son poème constitue une des sources de ce flot, un des affluents.

L'expérience de Xie Lingyun, avec ces deux vers qui lui viennent comme des paroles les plus simples, est d'une importance fondamentale. La poésie, semble-t-il, existe déjà quelque part dans la nature, *avant* le poète et *devant* le poète : celui-ci ne fait que la retrouver. Retrouver la parole, comme recouvrer la santé. Comme retrouver une vraie vie possible, après l'exil, après la dureté des autres, les aléas de la vie politique ou l'animosité de la société dans laquelle on vit. À cet instant même, Xie Lingyun préfigure le destin de presque tous les poètes regroupés ici par J.M.G. Le Clézio.

Les archives historiques ne précisent pas si ce sont ces deux vers qui ont complètement guéri Xie. Il est sûr que, par la suite, il ne s'est plus lassé de sortir de sa résidence et de circuler en compagnie d'amis dans les magnifiques paysages de Yongjia, allant jusqu'à laisser tomber les affaires administratives durant des mois. De là est né tout un genre poétique d'une influence considérable qui avec les *shanshui shi*, poèmes des monts et des eaux, sera aussi le fondement même de la peinture chinoise avec sa branche la plus importante : peinture des monts et des eaux.

Presque un siècle plus tard, Zhong Rong, l'auteur du *Shipin,* « Valeurs poétiques », ouvrage important de critique de la poésie, va tenter de définir cette façon ingénieuse de faire des vers. Il propose le terme *zhi xun*, la « recherche directe », assez proche de la notion d'intuition (*zhi jue*, mot à mot « perception directe »).

Que veut dire la « recherche directe » ? Lorsque l'on fait un poème et que l'on ne se réfère ni à l'histoire ni aux légendes, et ne fait appel ni à la rhétorique ni à aucune de ces fioritures poétiques, alors on fait un acte de « recherche directe ». Le poète voit et dit. Aussi simplement que cela. Xie Lingyun voit les herbes pousser près d'un étang, voit des oiseaux nouveaux sur les saules dans le jardin. Et il fait les plus beaux vers, inégalables. Inégalables, car c'est la nature qui les a voulus. Car ils expriment ce qui *est*.

Ainsi les vers suivants sont-ils tous beaux et inégalables : « Ma pensée pour toi ne cesse pas, comme l'eau qui coule », de Xu Gan ; « Les vents sont tristes sur le haut plateau », par Cao Zhi ; « Le matin je monte au sommet de la montagne », de Zhang Hua ; « La lune éclaire les neiges épaisses », du même Xie Lingyun ; ou « La pluie fine arrive par l'est », de Tao Qian.

Li Bai, le grand héritier, qui rêve de voyager dans une autre vie en compagnie de Xie Lingyun ou de l'un de ses neveux, Xie Tiao, va développer à fond cette « méthode » particulière de la création poétique. « La lune claire sort du Mont Céleste », « La lumière de la lune est près de mon lit », autant de vers simples et directs, qui vont lui valoir des louanges les plus prestigieuses. Deux de ses vers seront employés dans le même sens pour faire éloge des poèmes qui sont comme « des hibiscus [qui] sortent de l'eau pure, [et qui] n'ont aucun artifice sauf le travail de la nature ».

Li Bai, mais aussi Wang Wei : « Seul assis parmi des bambous, je joue de la cithare en chantant. Aucune personne au fond du bois, seule la lune claire vient m'éclairer. » Ou Bai Juyi : « Les herbes de la steppe sont touffues. Chaque année, elles poussent et sèchent. Les feux sauvages n'arrivent pas à les faucher : le vent printanier les fait repousser. » C'est-à-dire presque tous les grands.

Cet étang aura un écho le plus significatif au XIIIe siècle, chez Zhu Xi. Dans un poème consacré à l'étang avoisinant sa résidence, il dit ceci :

L'étang est carré, de demi mu, comme un miroir
Lumières du ciel et ombres des nuages s'y promènent
« Étang, comment maintiens-tu l'eau à une telle pureté ? »
« C'est que j'ai une source où les eaux vives ne cessent d'arriver »

L'étang est devenu miroir. Et avec les sources aux eaux vives, le flot de la poésie peut continuer de couler…

Cette « méthode » sans méthode suscite des louanges suprêmes, mais s'attire aussi des critiques sévères. Certains s'en prennent à cette trop grande simplicité. À cette espèce de « fadeur », dont le philosophe sinologue François Jullien a fait un très bel éloge. On peut d'ailleurs retrouver cette même qualité, mais dans un sens un peu différent, chez un poète comme Verlaine, d'après le travail pénétrant de Jean-Pierre Richard.

Il se trouve que des traductions peuvent accentuer cette fadeur et c'est une des raisons pour lesquelles la poésie chinoise n'est toujours pas appréciée en Occident à sa juste valeur, la tradition occidentale étant plutôt friande des saveurs et des arcanes, des « manières » et de l'hermétisme, malgré des efforts méritoires de spécialistes comme François Cheng.

N'en déplaise aux détracteurs, il paraît clair que cette simplicité, avec le temps, ne peut être que gagnante. Ce n'est pas sans raison qu'en Chine actuelle on assiste à une réelle renaissance du goût pour les poèmes anciens, car on y trouve une richesse incroyable d'expressions dans une enviable simplicité, que hélas l'on ne retrouve plus ou très peu dans les littératures contemporaines. Les enfants apprennent vite les poèmes et les récitent par cœur, alors que nous savons bien que la poésie, dans son essence même, dès sa naissance, a le souci primordial de la mémoire, d'où tout un système de rimes et de métriques pour faciliter la mémorisation. Quand un poème atteint la simplicité de la « recherche directe », il peut même exister sans recours à la métrique. Il vit littéralement de sa vie d'« images ». Images directes, vives, souvent immédiates, toujours fraîches. Quand on apprend à un enfant ces deux vers par exemple : « On oublie que dans un plat servi, chaque graine contient les sueurs des laboureurs » (Li Shen), il y a peu de risque que l'enfant ne s'en souvienne pas...

Les règles

Pourtant, il serait évidemment réducteur de ne voir la poésie chinoise que sous cet aspect simple et direct. En fait, les poètes Tang sont aussi les plus grands rhétoriciens et élaborateurs de règles. Si Li Bai peut donner l'impression d'écrire avec une facilité qui n'échoit qu'aux personnes divines non issues de ce monde d'ici-bas – d'où son surnom d'« immortel exilé » sur la terre –, Du Fu, pas moins grand, a réussi à atteindre une même simplicité par des efforts qui s'apparentent à des supplices, en martyr de poésie. Sa célèbre maigreur, son crâne aux cheveux clairsemés, que l'on retrouve dans ses poèmes-autoportraits saisissants, constituent des caractéristiques physiques dues à ces peines inhumaines, où il essaie de forger des vers parfaits en repectant les règles les plus rigoureuses. Sa vie durant, il tente de fabriquer des joyaux qui auraient la pureté et la simplicité d'un poème de Li Bai, d'où son admiration pour l'aîné avec qui il a en réalité très peu de similitudes, sauf la même ardeur de création, comme l'a bien montré J.M.G. Le Clézio.

C'est que la langue chinoise, avec toutes ses richesses et toutes ses potentialités, au début de cette ère des Tang, est en attente des poètes. Ces derniers vont la pousser à aboutir à cette plénitude d'expression qui lui permettra de traverser des siècles et des siècles et d'avoir une vraie longue vie, c'est-à-dire jusqu'à aujourd'hui.

Dans le *Shi Jing*, « Le Livre des poèmes », ainsi que dans de magnifiques textes littéraires développés à l'époque des Han (les *fu*), la langue chinoise a atteint déjà une harmonie musicale avec des vers en quatre caractères et des phrases en pair qui maintiennent un bel équilibre. Les poètes de la génération de Xie Lingyun, au ve siècle, ont « préféré l'impair » au pair, pour emprunter une célèbre formule de Verlaine soucieux de développer son propre art poétique. Les vers en cinq caractères vont devenir dominants. Cela peut s'expliquer par une influence du sanscrit due aux premiers soutras indiens introduits en Chine. Les Chinois sont désormais plus conscients des différentes tonalités de leur langue. Mais cela tient aussi au fait que la langue chinoise est monosyllabique. Avec les accents et les tons différents, elle ne peut pas produire une musicalité vraiment expressive, ni développer une sémantique vraiment riche, si elle se contente toujours de quatre caractères.

C'est sous les Tang que la forme des vers à sept caractères, dont la première apparition timide remonterait au IIIe siècle, sera largement développée. Et avec l'effort de Du Fu, la forme suprême, le *qi lü*, à savoir les vers en huit lignes (huitain), chaque ligne contenant sept caractères, va atteindre sa maturité et influencer toute la Chine, jusqu'à l'époque moderne. Pendant la Longue Marche, Mao Zedong écrivait encore des poèmes de cette forme et ces poèmes contribuaient à constituer le halo d'un leader charismatique, révolutionnaire mais grand héritier de la tradition chinoise, même si la fin de la vie de Mao montrera le contraire.

La poésie, acquérant de plus en plus d'indépendance par rapport aux accompagnements musicaux, va établir des règles internes de musicalité, fondées essentiellement sur une alternance d'accents forts et d'accents doux. D'où le système de *ping* et de *ze*, *ping* étant plat et doux, *ze* plus fort et tonique. *Grosso modo*, parmi les quatre tons chinois, le premier est *ping* et les trois autres sont *ze*. En combinant une alternance des accents doux et forts avec un parallélisme obligatoire sur le plan sémantique au niveau de certains vers, vous saisissez la forme fondamentale d'un poème chinois classique. Ajoutez des rimes, surtout au niveau du deuxième et du quatrième vers, en plaçant obligatoirement un mot *ze*, d'accent fort, pour terminer le troisième vers, alors bravo, vous pouvez essayer de composer un quatrain en chinois ! Vu la grande sobriété de la langue, la polysémie des mots chinois, ainsi que la souplesse de la syntaxe, cette forme représente une immense potentialité, un ouvroir littéraire à l'infini, qui, de génération en génération, va donner une grande liberté de création poétique tout en exigeant un certain respect des règles. La poésie est et restera affaire des lettrés. Et qui dit lettré suppose une maîtrise minimale de ces règles.

Pour ne pas entraîner les lecteurs français dans trop de complications, je prends ici deux exemples, disons de format minimal : un en cinq caractères, un en sept caractères, et tous deux en quatrain.

Le poème de Wang Zhihuan, *La Montée du Pavillon Guanque* (Pavillon des Grues) :

Le soleil blanc se couche derrière la montagne
Le Fleuve Jaune entre dans la mer en coulant
Si vous désirez obtenir une vue de mille lis
Veuillez monter à un étage au-dessus

Poème teinté aussi d'une certaine « fadeur », mais qui fait partie des plus connus en Chine. Il est composé des mots élémentaires suivants, dont j'ai marqué les accents :

Blanc / soleil / s'appuyer / montagne / finir
fort – fort – doux – doux – fort
Jaune / fleuve / entrer / mer / couler
doux – doux – fort – fort – doux
Vouloir / finir / mille / lis / regard
doux – doux – doux – fort – fort
Plus / monter / un / niveau / pavillon
fort – fort – fort – doux – doux

Et ce poème de Du Fu, *La Rencontre de Li Guinian* (un grand musicien) :

C'était fréquent de te voir jouer dans la Résidence du Prince Qi
Et je t'ai souvent écouté devant le salon de la maison de Cui le Neuvième
En cette saison où les paysages sont au plus beau au sud du Fleuve Bleu
Quelle surprise que de te rencontrer, quand les fleurs se mettent à tomber !

Poème qui est composé par des caractères suivants :

> Qi / prince / résidence / dedans / ordinaire / courant / voir
> doux – doux – fort – fort – doux – doux – fort
> Cui / neuf / salon / devant / bien / des fois / écouter
> fort – fort – doux – doux – fort – fort – doux
> Juste / être / fleuve / sud / bon / vent / vue
> fort – fort – doux – doux – doux – fort – fort
> Tomber / fleur / temps / saison / encore / rencontrer / toi
> doux – doux – fort – fort – fort – doux – doux

Quant au parallélisme au niveau sémantique, il saute aux yeux dans les deux premiers vers, pour les deux poèmes. Le premier vers dans le poème de Wang est composé par adjectif-substantif-verbe-substantif-verbe. Le deuxième est strictement identique. Dans les cases que les linguistes modernes appelleraient des « paradigmes », on voit « blanc » *versus* « jaune », « soleil » *versus* « fleuve », « s'appuyer » *versus* « entrer », « montagne » *versus* « mer », « finir » *versus* « couler ». Dans le poème de Du Fu, c'est pareil : « le Prince Qi » *versus* « Cui le Neuvième », « résidence » *versus* « salon », « dedans » *versus* « devant », « ordinaire et courant » *versus* « bien des fois », « voir » *versus* « écouter ».

Les poètes après Tang vont essayer d'élargir les champs poétiques en développant la forme *ci*, une sorte de vers libre par rapport à cette forme stricte. Mais cette forme va continuer à exister ou plutôt coexister, tant elle répond à la nature profonde de la langue chinoise, et stimule l'esprit. Il est très significatif que, même aujourd'hui, innombrables soient les Chinois qui s'expriment par cette forme de poésie, et dans les prix littéraires les plus prestigieux on a ajouté des catégories des « vers classiques ». Il est inimaginable aujourd'hui, en France par exemple, qu'un prix prestigieux soit décerné aux faiseurs d'alexandrins.

Ce qui constitue un autre obstacle, en dehors de l'apparente fadeur et des règles rigoureuses, c'est le système de symbolisation. La poésie chinoise ancienne est un immense réseau de métaphores, de symboles, de clins d'œil, de non-dits, d'emprunts, de détours et de contours, d'emphases et d'euphémismes. Il faut un minimum d'acquis pour pouvoir décoder cet univers complexe. Si le traducteur « décode » à l'avance pour un lecteur, ce serait comme s'il mâchait un plat à la place d'un gourmet et le poème donnera vraiment l'impression d'être fadasse ; si, en revanche, le traducteur laisse tous ces signes secrets, symboles ésotériques et mots de passe étrangers, le poème risque de rester enfermé dans un redoutable hermétisme et de ne susciter aucune émotion de la part d'un lecteur étranger. On touche ici à la difficulté essentielle de la culture chinoise. Quelque chose qui fait que, malgré sa richesse évidente, malgré son intérêt convaincant, elle semble rester toujours éloignée de ce que l'on peut appeler l'universel. Si, comme je l'imagine, l'intention première de J.M.G. Le Clézio a été précisément de mettre en relief cet aspect universel de la poésie Tang, avec des exemples qui l'étayent judicieusement, et si moi-même j'ai fait tous mes efforts pour rendre les poèmes accessibles dans leur version française, il n'empêche que cette poésie a encore beaucoup de points obscurs qui peuvent effrayer une sensibilité actuelle.

Heureusement, il ne s'agit pas seulement de relever les aspects modernes de cette poésie. Il s'agit plutôt de montrer son intemporalité, ou son atemporalité. Cette poésie est atemporelle, et c'est cela peut-être sa vraie force : elle survivra même à nous, les modernes.

煙開蘭葉香風暖
岸夾桃花錦浪生
李青蓮鸚鵡洲句清湘老
人濟時亦拈出引興

Le Miroir

Cette atemporalité, on la retrouve aussi chez certains grands écrivains et poètes français. Si le nom de Baudelaire revient très souvent lorsque l'on parle de la poésie chinoise, avec sa célèbre vision des « correspondances », il suffit pourtant de se plonger dans son univers – et je parle à titre de traducteur de Baudelaire en chinois – pour s'apercevoir rapidement que, du point de vue de la sensibilité, Baudelaire est très loin des anciens Chinois. C'est peut-être justement que Baudelaire est plus « moderne » qu'intemporel ou atemporel.

Il serait amusant par exemple de comparer Baudelaire et Li Bai, qui ont écrit tous deux sur le vin. On aurait un miroir très intéressant, où l'auteur de *L'Âme du vin* ne se reconnaîtrait cependant pas forcément dans l'auteur de *Avant de boire.*

Curieusement, c'est chez un autre romantique, Gérard de Nerval, que je retrouve les échos les plus intéressants des poètes chinois Tang. Parmi tous les écrivains français, Nerval est peut-être celui qui a le plus le sens de la transversalité du temps et de sa cyclicité. Une conscience particulièrement aiguë de « toutes les époques » chez Nerval fait de lui l'écrivain le plus atemporel de son temps. Cette atemporalité lui a permis d'être ressuscité dès l'aube du XXe siècle, grâce entre autres à Proust, grand magicien du temps retrouvable. Depuis, il n'a cessé d'amplifier ses influences sur d'illustres esprits du XXe siècle. Dans ses poèmes les plus mystérieux des *Chimères*, il serait proche d'un Li Shangyin, surtout de ses pièces aux tons obscurs, et avec ses vers limpides il aurait atteint cette même « fadeur », qualité suprême des poètes chinois. Le célèbre poème *Fantaisie*, par exemple, par cet « air très vieux » qui le « rajeunit » paradoxalement « de deux cents ans », le rend foncièrement chinois. Si l'on met entre parenthèses tous les éléments grammaticaux strictement nécessaires pour constituer une bonne syntaxe française, on retrouverait un poème Tang dans son pur jus : il suffirait d'échanger « Louis XIII » avec l'« empereur Xuanzong », le « château » avec un « palais », le « coteau vert » avec le « pré » chinois – ou même en le gardant tel quel, puisque Du Fu parle à plusieurs reprises de « coteau vert » – et la « haute fenêtre » avec des « hauts pavillons »... Si la folie n'avait pas enlevé trop tôt la vie à cet homme fasciné par l'Orient, je suis sûr qu'il aurait été l'un des premiers à pénétrer dans l'univers de la poésie chinoise et que ce grand traducteur – n'oublions pas qu'il est aussi l'un des plus grands traducteurs de tous les temps avec *Faust* traduit à l'âge de dix-neuf ans – aurait bien devancé les Hervey de Saint-Denys et Judith Gautier...

C'est là un des points fascinants de nos cultures. Il existe toujours quelque part des liens inattendus, des connexions possibles, des sensibilités communes, dans l'histoire, au présent comme dans le futur. Il suffit de tenir haut ce miroir magique de la poésie. Et dans le même miroir, j'aperçois la silhouette de J.M.G. Le Clézio.

Je ne me rappelle plus quand il m'a parlé de poésie chinoise pour la première fois. Ce que je sais, c'est que notre première rencontre remonte à il y a presque trente ans. Étudiant chinois, seul et paumé, j'habitais une chambre de bonne à Paris, dans le Quartier latin. Un jour, J.M.G. Le Clézio, de passage dans la capitale, me donna rendez-vous dans un café, après la réception d'un manuscrit directement rédigé en français qu'en tout jeune étourdi j'avais osé envoyer chez Gallimard.

L'excitation dans laquelle m'a jeté ce rendez-vous était telle que je n'ai pas, à vrai dire, retenu ce que m'a dit J.M.G. Le Clézio. Mais je me souviens de son admiration pour l'écrivain chinois Lao She, dont il a préfacé *Quatre générations sous un même toit*. Et peut-être, déjà, de son goût pour la poésie chinoise.

Un jour, plus de vingt ans après – il était déjà couronné par le prix Nobel –, lors d'une rencontre organisée par l'Université de Pékin où je travaille, il m'a redit son amour pour la poésie chinoise. Nous nous sommes donné rendez-vous et nous avons voyagé ensemble pour rendre visite à Du Fu, qui, à ses yeux, reste le plus grand poète chinois des Tang, avec Li Bai.

Étonnement de tous, lorsqu'il a demandé au directeur de la Maison de Du Fu qui nous accueillait : « Où est le puits ? Est-il toujours là ? »

Mais de quel puits s'agissait-il ?

Par des bribes d'une traduction en anglais, j'ai entendu de sa bouche, pour la première fois de ma vie – à ma plus grande honte –, le beau poème *À la vue des lucioles*. Et toute la Maison de Du Fu a été comme illuminée d'une autre lumière. Non seulement j'ai vu le puits, mais les bords du toit de cette chaumière ont aussi pris soudain une nouvelle signification, car j'ai cru revoir les « quelques étoiles » qui ont éclairé Du Fu…

Et je n'ai pas dormi de la nuit. J'ai tracé et retracé, sur des feuilles de papier à lettres de l'hôtel, ce petit poème d'une observation naturelle et d'un humanisme foudroyant. Comment avais-je pu négliger un si beau joyau, même si, c'est vrai, Du Fu a écrit plus d'un millier de poèmes ?

Et c'est cette nuit-là que j'ai repensé à un autre poème, de Li Bai, que J.M.G. Le Clézio m'avait évoqué une fois, suscitant tout de suite mon enthousiasme : c'est aussi l'un de mes poèmes préférés : *Assis devant le Mont Jingting*, poème qu'il a évoqué ici dans son introduction.

Du Fu et Li Bai, l'un lucide et l'autre lunatique, l'un sobre, l'autre buveur. L'opposition classique et traditionnelle a voulu faire de ces deux poètes deux pôles de la poésie, comme s'ils représentaient deux tendances radicalement opposées. Mais les vrais connaisseurs ne s'y trompent pas : tous deux ils se regardent et s'apprécient, comme le Mont Jingting qui regarde à son tour celui qui le regarde, sans jamais se lasser.

Car ce va-et-vient entre le poète et le monde où se trouve le poète est le point commun de Du Fu et de Li Bai. Et tous les poètes chinois s'y retrouvent, dans ce dialogue incessant, parfois silencieux, entre l'homme et la nature.

Le directeur du musée de la Maison de Du Fu a répondu à J.M.G. Le Clézio : « Le puits est toujours là. Mais les lucioles, on ne les voit plus depuis belle lurette, car la ville est maintenant trop industrialisée. »

« Il faut qu'elles reviennent, il faut qu'elles reviennent... », a murmuré le grand écrivain français, ami des poètes universels, proche de ses quatre-vingts ans, et toujours droit comme un pin.

Note post-liminaire

Cet ouvrage présente des extraits de la poésie Tang dans une traduction entièrement originale que nous avons réalisée conjointement avec le professeur Dong Qiang, de l'Université de Pékin.

La plupart des poèmes présentés dans ce livre sont extraits de la compilation de Xu Yuanchong, *300 Tang Poems*, édition bilingue en anglais et en chinois (Beijing, China International Press & Zhonghua Book Company, 2011). Pour les poèmes de Du Fu je me suis inspiré largement de l'édition de Mme Florence Ayscough (*Tu Fu: the Autobiography of a Chinese Poet*, Londres, Jonathan Cape, 1929), qui contient les belles traductions en langue française de *La Pluie bienfaisante* par Hervey de Saint-Denys en 1862 et de *La Flûte mystérieuse* par Judith Gautier en 1867; pour les poèmes de Du Mu, de l'édition d'Angus C. Graham, *Poems of the late T'Ang* (Londres, Penguin Classics, 1965); pour Bai Juyi, de l'étude d'Arthur Waley (Londres, 2012); pour la poésie de Li Shangyin et des autres poètes Tang, j'ai suivi les versions publiées dans l'anthologie bilingue de Xu Yuanchong, *Collected Poems and Lyrics of Classical China*, qui reprend certains textes de *300 Tang Poems* (Beijing, CN Times Books Inc., 2014).

Pour la poésie de Li Shangyin, je me suis inspiré de l'édition de James Liu (*The Poetry of Li Shang-yin*, Chicago-Londres, The University of Chicago Press, 1969). Je me suis aussi inspiré des études publiées dans l'anthologie de la poésie Sui, Tang et des Cinq Dynasties de John Minford et Joseph Lau, *Classical Chinese literature* (New York, Columbia University Press, 2000). La traduction du poème de Ban Jieyu, *Chant triste*, est redevable à celle de Burton Watson (*ibid.*, p. 958). J'ai utilisé également, *passim*, les interprétations de Li Bai par Herbert Giles dans son *History of Chinese Literature* (New York, F. Ungar Pub. Co., 1967), celles d'Arthur Cooper dans *Li Bai and Du Fu* (Londres, Penguin, 1973), et celles figurant dans la biographie de Li Bai, *The Banished Immortal*, par Ha Jin (New York, Pantheon, 2019). Enfin, pour trois œuvres j'ai repris la lecture et l'interprétation de jeunes étudiants et professeurs de l'Université de Nanjing (pour *Plainte d'une jeune mariée dans son boudoir*, Jiang Yuanqiu, pour *La Fin du ciel*, Zhang Lu, et pour *La Cithare aux cinquante cordes*, Shi Xueying).

J.M.G. L. C.

Petit lexique pour mieux se repérer dans l'univers des poèmes Tang

Empereurs des Tang

La dynastie des Tang a duré de 618 à 907, une longue période durant laquelle se sont succédé vingt-deux empereurs. Il suffit de comparer avec la célèbre Cité interdite, qui abritera deux dynasties et connaîtra en tout vingt-quatre empereurs au cours de presque cinq cents ans, pour se rendre compte combien ils étaient nombreux. Pourtant tous n'ont pas laissé de trace marquante, loin de là.

Gaozu (566-635), de son vrai nom Li Yuan, fonde la dynastie Tang en 618. À titre posthume, son grand-père Li Hu (?-551), notable du royaume de Wei de l'Ouest, reçoit le titre honorifique de Taizu, « Ancêtre impérial suprême ». Son deuxième fils, Li Shimin (599-649), devient l'empereur Taizong en 626. S'ouvre avec lui une période prospère pour l'empire. Lors d'une visite à Luoyang, il prend comme concubine Wu Zhao (624-705), jeune fille de quatorze ans dont le père a été anobli par Gaozu en reconnaissance de hauts faits militaires. Mais il la délaisse et, durant son agonie, son fils Li Zhi (628-683) entretient une liaison avec elle. À la mort de Taizong, Wu Zhao entre dans un couvent, dont elle sortira quelque temps plus tard grâce à Li Zhi, alors devenu l'empereur Gaozong, qui décide d'en faire sa favorite. Après des disputes cruelles, Wu Zhao élimine ses principales rivales, la Favorite Xiao et l'impératrice Wang. Profitant d'un Gaozong vieillissant qui souffre de vertiges, Wu Zhao réussit à s'imposer à la cour impériale. Elle devient impératrice en 690, aux dépens de son troisième fils Li Xian, Zhongzong (656-710), et de son quatrième fils, Li Dan, Ruizong (662-716), qu'elle détrône l'un après l'autre. Huit ans donc après le décès de Gaozong, elle devient l'impératrice Wu Zetian, changeant le nom de la dynastie en Zhou. Juste avant son décès, à l'âge de quatre-vingt-un ans, elle accepte, sous la pression des ministres, de rendre le règne à l'empereur destitué Zhongzong, à qui Ruizong reprend bien vite le trône.

Mais le fils de Ruizong, Li Longji (685-762), obligera ce dernier à lui céder le pouvoir en 712, devenant ainsi Xuanzong. Il régnera pendant presque un demi-siècle, inaugurant une grande prospérité des Tang, celle de la période Kai Yuan, tout en entraînant le pays dans de grandes difficultés à cause des rébellions d'An Lushan et de Shi Siming qui vont considérablement affaiblir l'empire. Pour des raisons de tabou, il est appelé Tang Minghuang, l'« Empereur éclairé des Tang », à partir du XVIIe siècle, sous le règne de l'empereur Kangxi des Qing. Les grands poètes évoqués dans ce livre, Wang Wei, Li Bai et Du Fu, vivent plus ou moins sous le règne de Xuanzong.

Après Xuanzong, l'empire des Tang va encore connaître de nombreux empereurs – pas moins de quinze. Seuls Xianzong (Li Chun, 778-820) et Xuanzong (Li Zhen, 810-859, *xuan* au premier ton, à ne pas confondre avec Xuanzong, son ancêtre, dont le *xuan* est de deuxième ton) ont réussi à faire revenir une relative prospérité. La vie de Bai Juyi recouvre celle de Xianzong, et Li Shangyin vit *grosso modo* sous le règne de Xuanzong.

La plupart des empereurs Tang sont de grands amateurs de poésie. Beaucoup se livrent à l'exercice de la composition. À part Xianzong, les empereurs susmentionnés ont tous laissé des poèmes dans les œuvres complètes des Tang.

Lieux

En dehors des deux capitales, Xi'an et Luoyang, de nombreux lieux apparaissent dans les poèmes Tang. Les poètes y associent un sentiment très concret, même si, souvent, les lieux sont évoqués de façon symbolique pour indiquer des directions géographiques approximatives, nord, sud, ouest, est, etc. Certains lieux évoquent un attachement à l'histoire chinoise, pour faire clin d'œil à la continuité ou au contraire à la rupture historique, comme Qin, Qi, Chu, Wu, Yue, etc., tous d'anciens royaumes aux localisations précises. Certains, comme Yelang, évoquent l'exil le plus redoutable.

Si les noms de Suyab, Qinglian, Fujiang et Zizhou sont liés à la vie de Li Bai, ceux de Jingmen, Wu (Gorge), Qutang (Gorge), Dongting (Lac), Yueyang, Jinling, Yangzhou… sont liés au fleuve Yangtse, que parcourent des poètes en vagabondage. Différentes rivières sont souvent mentionnées dans les poèmes pour les mêmes besoins, telles la rivière Wei, la rivière Si, etc.

Mawei (village), dans le nord de la Chine, est lié à la mort de la Favorite Yang. Le Mont Jingting, dans la province d'Anhui, est immortalisé par Li Bai dans son célèbre poème.

Plusieurs localités apparaissent sous des noms anciens. Elles sont connues aujourd'hui sous leurs noms actuels, tels Tanzhou pour l'actuelle Changsha, et Jinling pour l'actuelle Nanjing (Nankin).

Mythologie

Les poètes se réfèrent souvent à la mythologie chinoise. Si Nü Wa a pu « réparer le ciel » pour permettre au monde humain de survivre, Chang'e a dû monter au ciel pour devenir l'habitante de la lune, avec un lapin de jade et un laurier. Penglai est une île où vivent des immortels. Au bout du ciel, un arbre sacré, Fusang, assure la frontière extrême de la Chine impériale, tandis que Pengniao (l'oiseau Peng) est un oiseau chimérique auquel se compare Li Bai. Niulang et Zhinü forment un couple à l'amour interdit par les dieux, mais une fois par an ils peuvent se rencontrer au ciel en traversant un pont constitué par des pies, sur les deux rives de la Voie lactée.

Personnages historiques

Des philosophes fondateurs de la pensée chinoise sont importants pour les poètes, comme Laozi, Zhuangzi, Mengzi, Mozi, et évidemment Confucius (Kongzi). D'illustres prédécesseurs, poètes et hommes de lettres, reviennent souvent dans les poèmes, tels Sima Xiangru, Yu Xin et Bao Zhao. Li Bai a croisé dans sa vie des personnages importants comme Zhao Rui, Dong Yanzi et surtout He Zhizhang, haut fonctionnaire mais avant tout bon poète. Son beau-père est un ancien Premier ministre, Xu Yushi. Ses enfants se nommeront Li Boqin et Li Pingyang.

Guo Ziyi écrasera les rébellions d'An Lushan. Le prince Yong mettra en danger la vie de Li Bai, en l'enrôlant à ses côtés lors de la fuite de l'empereur Xuanzong. Fan Chuangzheng, neveu d'un ami, Li Yangbing, rédigera son épitaphe.

Autour de la Favorite Yang (Yang Guifei), Gao Lishi, l'eunuque, et Yang Guozhong, Premier ministre, jouent les rôles de méchants envers les empereurs et les poètes. Le prince de Shou, son premier mari, apparaîtra discrètement dans un poème de Li Shangyin.

Le moine calligraphe de génie, Huai Su, laissera de belles réflexions sur l'inspiration et l'ivresse. Tandis que le savant et poète Wen Yiduo ressuscitera l'intérêt moderne pour Li Bai et Du Fu.

Système de mesure

Des mesures anciennes de la Chine reviennent très souvent dans les poèmes des Tang. Les poètes, sous couvert d'une minutieuse précision, développent une manière particulière d'exagération, sorte d'hyperbole en rhétorique, pour rendre plus sensibles leurs sentiments. Ainsi, les rivières sont facilement de mille *lis*, ou même de dix mille *lis*, un *li* étant la moitié d'un kilomètre. La tristesse chez Li Bai a souvent une longueur de trois mille *zhangs*. Quand on sait qu'un *zhang* fait dix *chis*, et qu'un *chi* fait le tiers d'un mètre, on comprend que cette tristesse est immense… La superficie, quant à elle, se calcule en *mu*, aujourd'hui encore. Quinze *mus* font un hectare.

Liste des poèmes cités dans leur totalité ou en extrait

pp. 102-103 : Du Fu, *La Troupe des recruteurs au village de la Butte aux Pierres.*

p. 104 : Li Bai, *Passant la nuit dans la hutte de la Vieille Dame Xun, au pied du Mont des Cinq Pins.*

p. 104 : Du Fu, *Écrit sur le Pavillon de Yueyang.*

p. 105 : Du Fu, *Mon cheval malade.*

pp. 105-107 : Du Fu, *Debout, tout seul.*

p. 107 : Du Fu, *Une nuit de clair de lune.*

p. 108 : Li Shangyin, *Une nuit, à la lune.*

p. 116 : Li Bai, *Pensée printanière.*

p. 117 : Li Bai, *Chant de Changgan.*

p. 117 : Wang Changling, *Plainte d'une jeune mariée dans son boudoir.*

p. 118 : Li Yi, *Un chant du Sud.*

p. 118 : Li Duan, *La Joueuse de la cithare dorée.*

pp. 118-122 : Bai Juyi, *Deuil éternel.*

p. 123 : Bai Juyi, *La Femme aux cheveux blancs dans le Palais de Shangyang.*

p. 123 : Li Shangying, *Fête de l'étang du Dragon.*

p. 127 : Bai Juyi, *Résignation.*

p. 128 : Bai Juyi, *Clochette d'or a un an.*

p. 128 : Bai Juyi, *En me souvenant de Clochette d'or.*

p. 130 : Bai Juyi, *Au Marché aux fleurs. Pivoines.*

p. 131 : Bai Juyi, *Le Vieil Homme au bras cassé de Xinfeng.*

pp. 131-133 : Bai Juyi, *Le Prisonnier.*

p. 133 : Bai Juyi, *Le Bœuf attelé.*

pp. 135-136 : Li Bai, *Route de Shu.*

p. 136 : Li Bai, *Dure est la route.*

p. 137 : Li Bai, *Conversation sur la montagne.*

p. 137 : Du Fu, *Pluie bienfaisante par une nuit de printemps.*

p. 139 : Zhang Ruoxu, *Printemps, rivière, fleur, lune, nuit.*

p. 143 : Li Shangyin, *Sans titre (À huit ans elle se regarde en cachette dans son miroir).*

p. 144 : Li Shangyin, *La Cithare somptueuse.*

p. 149 : Li Bai, *Assis devant le Mont Jingting.*

p. 152 : Li Bai, *Passer la nuit au temple du sommet.*

p. 152 : Li Bai, *Pensée par une nuit paisible.*

p. 153 : Li Bai, *Route de Shu.*

p. 155 : Wang Wei, *Dans la montagne.*

p. 158 : Wang Wei, *Impression de l'instant.*

p. 159 : Wang Wei, *Seul assis parmi des bambous.*

p. 159 : Li Bai, *Expression du moment.*

p. 160 : Du Fu, *Le Débarcadère la nuit.*

p. 169 : Du Fu, *Solitude.*

p. 171 : Li Shangyin, *La Fin du ciel.*

p. 176 : Su Dong Po, *Écrit à Huangzhou, au calme.*

p. 176 : Li Bai, *Dure est la route.*

p. 180 : Xie Lingyun, *Pavillon au-dessus de l'étang.*

p. 184 : Zhu Xi, *Méditations sur la lecture.*

p. 188 : Wang Zhihuan, *La Montée du Pavillon Guanque.*

p. 188 : Du Fu, *La Rencontre de Li Guinian.*

Liste des illustrations

p. 106 : Zhao Yong (1289-1369) et Zhang Wo (?-1356), *La Chaumière à l'ouest des bambous* (détail). Dynastie des Yuan. 87 x 727 cm, Musée provincial du Liaoning, Shenyang, Chine.

p. 109 : Zhou Wenju (actif au cours du milieu du Xe siècle), *Dame avec le lapin de jade* (détail). Cinq Dynasties et Dix Royaumes. Freer Gallery of Art, Washington, États-Unis.

p. 112 : Qiu Ying (1497-1552), *Personnages et contes* (détail). Dynastie des Ming. 41,4 x 31,8 cm, musée de la Cité interdite, Pékin, Chine.

p. 114 : Anonyme, grande statue de Bouddha Vairocana, taillée d'après la physionomie de l'impératrice Wu Zetian. Dynastie des Tang. Grottes de Longmen, province de Henan, Chine.

pp. 124-125 : Qian Xuan (1239-1299), *La Favorite Yang montant sur un cheval* (détail). Dynastie des Yuan. 29,5 x 117 cm, Freer Gallery of Art, Washington, États-Unis.

p. 129 : Zhou Wenju (attribué à), *Enfants jouant dans une cour.* Cinq Dynasties et Dix Royaumes. Freer Gallery of Art, Washington, États-Unis.

p. 132 : Zhang Hong (1577-1652), *Les Bœufs* (détail). Dynastie des Ming. 27,3 x 441,3 cm, Metropolitan Museum of Art, New York, États-Unis.

p. 138 : Fan Qi (1616-1694), *Carnet de paysages,* feuillet III. Dynastie des Qing. 16,8 x 20,3 cm, Metropolitan Museum of Art, New York, États-Unis.

pp. 140-141 : Dong Qiang (né en 1967), poème de Zhang Ruoxu, *Printemps, rivière, fleur, lune, nuit* (détail). Collection de Xu Hanqing.

p. 145 : Dong Qiang (né en 1967), poème de Li Shangyin, *La Cithare somptueuse.*

p. 148 : Dong Qiang (né en 1967), poème de Li Bai, *Assis en face du Mont Jingting.*

p. 151 : Hua Yan (1682-1756), *Carnet de paysages,* feuillet XIII. Dynastie des Qing. 31,4 x 44,7 cm, Freer Gallery of Art, Washington, États-Unis.

p. 156, Du Jin (actif entre le XVe et le XVIe siècle), *Promenade en compagnie de la lune* (détail). Dynastie des Ming. 156,5 x 72,4 cm, Cleveland Museum of Art, Cleveland, États-Unis.

p. 157 : Dong Qiang (né en 1967), poème de Wang Wei, *Dans la montagne.*

p. 161 : Wang Shimin (1592-1680), *Illustrations des poèmes de Du Fu,* feuillet IX. Fin de la dynastie des Ming et début de la dynastie des Qing. 39 x 25 cm, musée de la Cité interdite, Pékin, Chine.

p. 164 : Shi Tao (1642-1708), *Carnet floral,* feuillet III. Dynastie des Qing. 31,2 x 20,4 cm, Metropolitan Museum of Art, New York, États-Unis.

p. 167 : Shen Zhou (1427-1509), *Carnet de paysages,* feuillet IV. Dynastie des Ming. 27,8 x 37,3 cm, musée de la Cité interdite, Pékin, Chine.

p. 177 : Wang Meng (1308-1385), *La Montagne Tai Bai* (détail). Dynastie des Yuan. 27 x 238 cm, Musée provincial du Liaoning, Shenyang, Chine.

p. 181 : Shi Tao (1642-1708), *Carnet des fleurs et des paysages,* feuillet IX. Dynastie des Qing. 27,6 x 21,6 cm, Metropolitan Museum of Art, New York, États-Unis.

p. 191 : Wang Shishen (1686-1759), *Carnet de paysages,* feuillet II. Dynastie des Qing. 20,3 x 25,1 cm, Metropolitan Museum of Art, New York, États-Unis.

pp. 196-197 : Gao Qipei (1660 ou 1672-1734), *L'Alouette blanche,* peinture par doigts. Dynastie des Qing. 35,88 x 57,31 cm, Nelson-Atkins Museum of Art, Kansas City, États-Unis.

Du même auteur (suite de la page 4)

Ailleurs, entretiens avec Jean-Louis Ézine sur France Culture, Arléa, 1995 ; Arléa-Poche, 1997
La quarantaine, Gallimard, 1995 ; Folio, 1997
Poisson d'or, Gallimard, 1996 ; Folio, 1999
La fête chantée, Gallimard, 1997
Gens des nuages, en collaboration avec Jemia Le Clézio, photographies de Bruno Barbey, Stock, 1997 ; Folio, 1999
Hasard suivi de *Angoli Mala*, Gallimard, 1999 ; Folio, 2001
Cœur brûle et autres romances, Gallimard, 2000 ; Folio, 2002
Révolutions, Gallimard, 2003 ; Folio, 2004
Peuple du ciel suivi de *Les bergers*, Folio, 2003
L'Africain, Mercure de France, 2004 ; Folio, 2005
Ourania, Gallimard, 2006 ; Folio, 2007
Raga, approche du continent invisible, Seuil, 2006 ; Points, 2007
Ballaciner, Gallimard, 2007
La grande vie suivi de *Peuple du ciel*, Gallimard jeunesse, 2008
Ritournelle de la faim, Gallimard, 2008 ; Folio, 2010
Histoire du pied et autres fantaisies, Gallimard, 2011
Tempête, deux novellas, Gallimard, 2014 ; Folio, 2017
Alma, Gallimard, 2017
Bitna, sous le ciel de Séoul, Stock, 2018 ; Le Livre de Poche, 2019
Quinze causeries en Chine, Gallimard, 2019
Chanson bretonne suivi de *L'enfant et la guerre*, Gallimard, 2020

Table

Cet ouvrage a été achevé d'imprimer
en septembre 2020 dans les ateliers
de Graphycems.

Dépôt légal : novembre 2020
ISBN : 978-2-84876-841-0
Imprimé en Espagne